慄く　最恐の書き下ろしアンソロジー

有栖川有栖／恩田　陸／貴志祐介／
北沢　陶／櫛木理宇／背筋

角川ホラー文庫
24468

慄く——目次

有栖川有栖

アイソレーテッド・サークル

1959年大阪府生まれ。89年『月光ゲームYの悲劇'88』でデビュー。2003年『マレー鉄道の謎』で第56回日本推理作家協会賞(長編及び連作短編集部門)、08年『女王国の城』で第8回本格ミステリ大賞(小説部門)、18年「火村英生」シリーズで第3回吉川英治文庫賞、22年第26回日本ミステリー文学大賞を受賞。ほかに『幻坂』『捜査線上の夕映え』『日本扇の謎』など著書多数。「濱地健三郎」シリーズでは、幽霊が視える心霊探偵がさまざまな怪異に挑む。ミステリで名を馳せる著者だが、本作はロジカルに怖さを追求していく様が恐ろしい。

ベッドが一台あるだけの殺風景な部屋。

白い壁にもたれ、そのまま崩れ落ちた秋吉愛里《あきよしあいり》は、激しい恐怖と悔恨に苛《さいな》まれていた。

――仲間を見捨てた。怖くて、どうにもしてあげられなかった。

悪夢が覚めてくれない。悪夢のようでいて、これは現実だから。

――ごめんなさい、ごめんなさい。だけど、私もすぐに後を追うから。ここから逃げられるわけない。

ぽろぽろと涙がこぼれた。今までずっと我慢していたが、もう堪《こら》える気にもならない。

みんな死んでいった。死ぬためではなく、サークルの夏合宿を楽しむためにやってきたのに。

――怖い。今にも〈何か〉が階段を上がってきそう。

見たことがなく、どんなものか聞いてもいないから〈何か〉と呼ぶしかない。とにかく恐ろしいものだ。

こんなことになるのなら、おかしな企画に賛成するのではなかった。今さらのように後悔の念が込み上げてくる。そもそも大学でおかしなサークルに入るのではなかった、とも。

探訪部。

同じ高校から進学した稲岡唯菜《いなおかゆいな》に誘われて、昨年の四月に入部したささやかなサークルだ。

「どこへでも探訪に出掛けるって、何それ？　付き合ってあげてもいいけれど、合わなかったらすぐにやめるからね」

愛里が言ったら、友人は八重歯を覗《のぞ》かせて微笑んだ。

「もちろん、面白くなさそうだったらやめていいよ。でも、楽しかったらいいね」

入ってみると当時の先輩たちが優しく、何かと波長が合ったので唯菜とともにあっさり居付いた。

ユニークなパワースポットを巡ったり、ネットでもあまり紹介されていない奇景を探し歩いたり、とにかく何かしら風変わりで好奇心を刺激する場所を探索する、というのが探訪部の活動である。

ひと味違う体験を楽しむのが目的なので、ＳＮＳなどでの情報発信には消極的だった。取って置きのスポットをむやみに有名にしたくない、という思いをみんなが共有していたからだ。

そんな探訪部は節度を重んじていて、そこも愛里には好ましかった。禁止事項が三つあり、第一に、危険なところには立ち寄らない。第二に、法律に触れるようなことはしない。第三に、誰かの宗教感情を損ねるような、禁を破ることもしない。

廃墟《はいきょ》となったホテルに無断で侵入するなど、禁を破ることもないではなかったが、まずは良識を持って動いていた。危険なことは避けつつ、適度に冒険的なこともした。

就職活動などのために四年生が姿を見せなくなった探訪部のメンバーは、現在は六人だけである。三年生、二年生、一年生と学年が下がるごとに人数が減る先行きが心細いが、和気藹々《わきあいあい》としたサークルだ。

夏合宿にあたる今回の企画は、特に大胆なものではなかった。神隠し伝説のあるY山にS町から分け入って縦走し、UFOの目撃情報が多い山の向こうのK町で星空を眺めつつグランピングを楽しむだけ。

みんなで計画を練っていた時から、愛里はわくわくした。怪しげな要素が二つ織り込まれているが、Y山は法律や法令で立ち入りを制限された山ではなく、標高は四百メートル足らずしかない。K町は天体観測に適していることで知られ、UFOは拝めずとも流れ星は見られるだろう。

――こんなことになるなんて、思うはずがない。何がいけなかったの？

昨日の正午過ぎ、S町側の麓《ふもと》で会った地元の老人は、探訪部の六人に忠告した。

「あまり奥まで行かない方がいい。土地の者もなるべく入らんようにしとる山だ」と。

しおらしい顔で聞き流した後、部員たちは盛り上がった。

「さすがは神隠し伝説の山！　古老に『あんまり奥まで行かない方がいい』と止められるなんて、盛り上がるよな」

副部長の東田壮真《ひがしだそうま》がはしゃぐと、その相方とも言える西本岳人《にしもとがくと》が老人の口調を真似て復唱した。

「『土地の者もなるべく入らんようにしとる山だ』。いいよな」

月宮莉子《つきみやりこ》は笑わなかった。カーキ色のクライミングパンツがよく似合う部長は、人差し指で頭を掻《か》く。

「地元の人の感情を害するのなら今回の夏休み企画はよくなかったかもね。と言っても、ここまできて引き返さないけれど」

決断力に富む月宮部長があそこで計画変更を宣言してくれていたら――と、つい思ってしまう。あの時は、愛里もにこにこしながら東田・西本の東西コンビのやりとりを聞いていたのに。

山に分け入ると、やがて圏外となってスマホが使えなくなる。ネットで下調べをしてきたから想定内のことで、持参した紙の地図を参照しながら杣道《そまみち》のごときものをたどった。ほどよい足場の悪さを味わいながら。

探訪部の一行が警戒していたのは、神隠しなどという超自然的な現象ではなく、熊である。熊除《よ》けの鈴を鳴らし、にぎやかに話しながら歩き続けた。熊がいないことで知られる千葉県ではないが、この地方の山では熊の目撃情報は皆無である。生息していないと言われていたが、油断は怠らなかったのだ。

休憩を挟んで一時間ほど歩いた頃、ルートを間違えているのではないか、と月宮部長が疑いだした。直感的にどうも様子が変だ、と。

「僕もそう思います。地図によると山頂が北東に見えるはずなのに、さっき木立の間からちらりと北西に見えた気がします」

同調したのは、ただ一人の一年生部員である波多《はた》ミゲルだった。父親がブラジル人で顔立ちはラテン系っぽいが、ただの一度も日本から出たことがないという。

「ミゲルもそう思う？　なんか変よね」

「いつ言おうかな、と思っていました」

遠慮をして言えなかったのは彼らしいのだが、口に出してもらいたかった。そうしてくれていたら――と他人に責任をなすりつけたくなる。

山道で脇道に入ってしまうのは、珍しいことではない。まだ午後の早い時間だったし、天候が崩れるという予報も出ていなかったので、六人は焦ることなく来た道を引き返した。

ここで間違えたのだな、という地点が判明した時、選択肢が生まれた。計画どおり山を縦走するか、それは潔く諦《あきら》めて下山し、K町行きのバスでキャンプ場へと移動するか。

そこではかろうじてスマホが使えた。バスの時刻表を調べてみると、急いでも乗り損ねそうだったため、一同の気持ちは当初の計画続行で一致してしまう。

あそこも運命の分岐点だった。グランピング場に到着するのが予定より遅れても、次のバスに乗ればよかったのだ。

いや。

道を誤って行ったり来たりしなければ、様相はまるで違った。山中であの不可解な〈揺れ〉に襲われることなくK町へたどり着けたのではないか。

こんな恐ろしい目に遭うのを避けるチャンスはいくつもあったのに、ことごとく逃してしまった。愛里は悔しくてならない。

――どこかの分岐点に戻りたい。バスに乗るか乗らないか迷った時でもいい。足が痛くて歩けなくなった、と駄々をこねてでも山の奥に入るのは絶対に阻止するのに。

様々な想いが脳裏を流れていく。長い間、動けずにいたようだが、実際はほんの一分少々のことだろう。時間が異様に引き延ばされたように感じられる。それも死がすぐそこまで迫っているせいか。

また涙があふれそうになった時、スマホから着信音が流れた。

どきん、と心臓が跳ねる。

——こんな時に……電波が届いた。

愛里は顫《ふる》える手でスマホを持ち上げ、画面を見た。

＊

ロスした時間を少しは取り戻そうと、ペースを上げて歩くうちに、木立が途切れて視界が広がった。

そこで十分ほど休憩し、「もうちょっとペースを上げようか」という部長の号令で再び歩きだしてまもなく、足の下から突き上げてきた衝撃に愛里はつんのめる。踏ん張りきれずに、地面に両手と両膝《りょうひざ》を突いた。ショートパンツの下にレギンスという恰《かっ》好《こう》だったので、膝に鈍い痛みを覚える。

「地震！」

東田壮真が太い声で叫ぶ。

愛里は四つん這《ば》いの姿勢で、さらに続くであろう震動に備えた。かなり大きな地震のようだが、開けた場所なので頭上から何かが落ちたり倒れてきたりする心配はない。

ところが奇妙なことに、それっきり揺れはこなかった。転んだりしゃがみ込んだりしていた六人は、きょとんとなって互いに顔を見合わせる。

「えっ、何これ？」

尻《しり》もちを搗《つ》いた稲岡唯菜が、めくれたロングTシャツの裾《すそ》を引っぱりながら愛里に問い掛けてきた。「さあ」と首を傾げてみせるしかない。

「一秒でやむ地震って、あんのか？　聞いたこともねぇぞ」

西本岳人はそろそろと立ち上がり、足踏みをした。大地が動いていないのを確かめるように。

「そんな地震があるかよ。何か爆発したんじゃないか？　どこかにミサイルが着弾したとか」

転倒した壮真は上体を起こし、あたりを見回していた。近くで何かが爆発したのなら黒煙が上がったりしそうなものだが、そのようなものは見当たらない。

「ミゲル、どう思う？」

岳人に意見を求められた一年生は、困ったような顔で答える。

「違いますね。西本さんも爆発だとは思っていないでしょう？」

みんなの弟である彼に返されて、「……まあな」と岳人は認める。

拾い上げたバケットハットの土を払う月宮莉子は、いつもの冷静さを保っていた。

「爆音がしなかった。爆風もなかった。なのに地面が一瞬だけ大きく揺れた。わけが判らないわね。――動かないで、少しじっとしていましょう」

部長の指示に従い、そのまま様子を窺《うかが》う。何も起きないまま五分が経過したので、六人は徐々に緊張を解いていった。

「今晩、UFOが出現してくれるのを期待していたけど、その前にすごいミステリーにぶつかったな」壮真が言う。「今のが何なのか、まったく説明がつかないよ。白昼の怪奇現象だ」

それを受けずに、波多ミゲルは巻き毛の髪を掻きながらぼそりと呟《つぶや》く。

「どれぐらいの範囲で揺れたんだろう？」

スマホで調べようとした壮真は、圏外なのを思い出して苦笑する。

「下山しないとニュースも確かめられねぇな。まさか地球の核で異変が起きて、世界中が震動したとか？」

岳人が肩をすくめた。

「そこまで大きな規模だったら、怪奇現象というより天変地異だろ。一瞬だけのことでも、都会では大災害になっていそうで怖い」

「家が倒壊するほどの揺れでもなかったと思いますよ」唯菜が言った。「でも、色々な事故が発生したかも」

自分たちだって、場所が違えば斜面を転げ落ちるなどしていたかもしれないのだ。ここで揺れに遭遇したのは幸いだった。

「下界が気になる。S町に戻ろうか？」

壮真は莉子の判断を仰ぐ。

「どうせならK町に下りる方が早いんじゃないかしら。あちら側に下る道は傾斜がゆるやかで、危ない箇所はなさそうだし」

部長に異を唱える者はいなかった。S町に下りてもK町行きの最終バスに乗れない可能性が高く、鄙《ひな》びた町には宿もない。当初の計画どおりにグランピング場をめざす方が賢明に思えた。

「じゃあ、そろそろと出発しましょうか。また急に揺れたりしても大丈夫なように気をつけながら」

「そろそろじゃなく急いだ方がよさそうです。曇ってきました」

ミゲルの言葉に愛里は空を見上げた。先ほどまでは晴れていたのに、いつのまにか雲が青空を隠してしまっている。たかが標高四百メートル足らずでも、山の天候は変わりやすいようだ。

「気をつけながら急ごう」

莉子の表情も少し曇っていた。壮真は舌打ちをする。

「これじゃＵＦＯが見られねぇな。それはもともと本気で期待していなかったとしても、星空観察ができなくなるのはがっかりだ。夏の星座を予習してきたのに」

「予習？　根が真面目かよ。諦めるのは早い。夜には晴れるかもしれない」

岳人が言うと、「そうだな」と応《こた》えていた。

歩きだしてすぐ、他にも状況に変化が生じていることに全員が気づいた。最初に口に出したのは唯菜だ。

「……霧」

椈《ぶな》の木立の間から霧が湧き出してきていた。忍び寄るように、ゆっくりと。

「おかしい」ミゲルが眉間《みけん》に皺《しわ》を寄せた。「変ですよ、この霧」

傍らを歩いていた愛里が尋ねる。

「どこが？」

「僕は山の天気に詳しいわけじゃないので、はっきりしたことは言えません。だけど、やけに唐突じゃないですか？」

前を行く壮真が振り向いて言う。

「生粋《きっすい》の都会育ちは知らなかったか？　霧っていうのはこんなふうに湧いてくるんだ。夜の高原の霧なんて、まるっきりホラー映画だぞ。俺は初めて見た時は、霧が怪物をつれてきそうで逃げたくなった」

「僕だって信州《しんしゅう》や北海道を旅行した時に、霧が出てくるのを見ています。それとは違うように思うんですよ。ほら、右側からも左側からも迫ってきますよね。霧というのは風で移動するのに、色んな方向から這い寄ってくるのは理屈に合いません」

「あっちからも！」

背後で唯菜が言った。振り向くと、一行が歩いてきた方からも霧が接近してきていた。愛里は動揺しかけたが、莉子が落ち着かせてくれる。

「風向きが複雑なんでしょう。霧は霧よ」

彼女がそう言うと、それだけのことに思えた。先ほどの不可解な揺れのことがなければ、幻想的な雰囲気をみんなで喜んだ気もする。

やがて霧は四方から愛里たちを包んだ。見通しが悪くなったので、先頭を任された壮真は歩調を落として進む。木立がやや疎《まば》らになってきたかと思ったら、また開けたところに出た。

「こんなものが……」壮真の声がした。「場違いすぎる」

前方に何かあるらしい。恐ろしいものや危ないものではなさそうだが、彼がひどく驚いているのが伝わってきた。莉子も「えっ、何？」と高い声を発する。

霧の向こうに二階建ての平たい建物があった。こんな場所であることを考慮の外にやると、保養所か研修所のようにも見える。

「狐か狸のお城か？　コンクリート造りで味気ないけれど」

岳人が言うと、壮真が返す。

「われわれ探訪部が神隠し伝説の真相を摑《つか》んだぞ。さらわれてきた村人はここに連れてこられるんだ」

「江戸《えど》時代から建ってるようには見えねぇけれどな。そんなに古くはないぞ。せいぜい築五、六年という感じだ」

「どうやって建材を運んだんだ？　車が通るような道がないのに」

「どこかにあるんだろ。今は霧で見えていないだけで」

二人を尻目に、莉子がすたすたと建物に近づいた。そして、こちらに向き直って、さも怪訝《けげん》そうに言う。

「何の施設なのかさっぱり判らない。会社や団体の名前がどこにもないなんて、変よね」

一階に五つ、二階に六つの窓が並んでいた。どの窓にも明かりは灯《とも》っておらず、人の気配もない。

愛里は、閃《ひらめ》いたことを口にしてみる。

「宗教団体の道場かな。建てたものの、事情があってまだ利用していないんじゃないですか？」

唯菜が同意してくれた。

「そんな感じよね。こんな人里離れたところなら修行が捗《はかど》りそう」

ミステリファンの岳人は、大いに興味を惹《ひ》かれたらしい。「謎だ」を連発しながら窓から中を覗《のぞ》こうとする。

「犯罪組織のアジトだとは思いませんけれど、得体が知れないので拘《かか》わらない方がいいと思います」ミゲルが言った。「先を急ぎましょう」

「そうね。霧が濃くなってきているみたい」

莉子が言ったとおり、白い闇は濃度を増しているようである。隊列を組んでの下山が再開された。

霧を掻《か》き分けるようにして慎重に足を運ぶほどに、視界は悪くなっていく。それでも道程は半ばを過ぎ、下り勾配《こうばい》になったことに愛里は安堵《あんど》していた。この調子ならば、あと一時間もしないうちにグランピング場に着けそうだな、と。

先頭の壮真が「ストップ！」と大声を発した。一気に不安になり、「どうしたんですか？」と真っ先に尋ねた。

壮真が答える前に、岳人のうろたえた声がする。

「あり得ない。さっきの建物どころじゃないよ」

深く切れ込んだ渓谷が一行の前に現われていた。地図にはそんなものは描かれていないのに。道を間違えたという事態ではない。
　霧のせいで眼下の川はぼんやりとしか見えないが、勢いよく流れているのは判る。

それでいて水音がしないのが無気味である。深い川は静かに流れる、というフレーズ
を愛里は思い出していた。
　対岸への吊《つ》り橋が架かっていたが、簡素なもので見るからに頼りない。板張りの橋《はし》
桁《げた》にはいくつも穴が開いているし、それを吊ったワイヤーは命を預けるのがためらわ
れるほど細い。
　莉子が「見て」と地図を回覧した。山道を横切る渓谷など、山のどこにもないのを
全員が確認する。
「で、どうするかだけれど、この橋を渡りたい人はいる？」
　一人もいない。壮真がはっきりと反対した。
「渡れたもんじゃねぇよ。さっきの瞬間地震で傷んでいそうだし、余震がきたら落ち
るだろ」
「私もそう思う。引き返すしかないわよね」
　結論はあらかじめ出ていたようなものだが、ないはずの川が出現したのが解せない。
そこまで地形が変わるわけがないし、まさか持ってくる地図を間違えたのでもない。

「ここで言い合っていても仕方がないわ」莉子は腕時計を見た。「さっきの建物まで戻って、どうするか考えましょう。こんな霧の中、今からS町まで下山するのは無理。あそこで夜を明かす覚悟が要りそうよ」

得体が知れない場所で泊まるというのは気が進まなかったが、野宿をせずに済むのはありがたい。

「でも、中へ入れるのかな。窓ガラスを割って侵入するのは……うーん、非常事態だから赦《ゆる》してもらうしかないか」

渋い顔で岳人が言うのに、莉子は応じる。

「私、さっき入口のドアノブを捻《ひね》ってみたの。施錠されていなかった」

不用心だが、管理者がうっかり施錠を忘れただけなのだろう。それも幸運と受け留めるべきか。

霧は一段と濃くなり、七、八メートル先は白く塗りつぶされていた。そんな中を歩いたために神経が磨《す》り減ってしまい、往路の倍ほどの時間を要する。謎の建物にたどり着いた時には、午後六時が過ぎていた。

最初に確かめたのは、電気や水道が通っているか否かである。誰もが期待していなかったのだが、いずれも使えたので歓声が上がった。打ち捨てられた施設ではないのだ。

内部を見て回っても、その建物が何なのかは判然としなかった。入口の扉を開けたらエントランスホールで、小さなカウンターが設置されている。宿泊施設という造りではなく、やはり研修所のようなものらしい。円筒形をした空っぽのペン立てがぽつんと置かれているだけ。

右手に食堂と厨房《ちゅうぼう》。左手にはトイレと浴場の他にふた部屋。事務室などに使われる部屋なのだろうが、今は机も椅子もなく、がらんとしている。

空室の脇の階段から二階に上がれば、まっすぐ伸びた廊下の片側に六つのドアが並んでいた。どの部屋にも白い壁紙が貼られていて、ベッドが一つ。これも研修所らしくはあったが、それにしては会議や集会に用いるための部屋がない。

謎が残りはしたが、まずまずの居住性を確かめられて、愛里はほっとした。東西コンビもとりあえず満足げである。

「業務用の大きな冷蔵庫に食べ物がどっさり詰まっていたらパーフェクトだったな」

「厚かましい。欲張るなって」

厨房には食材も飲み物もなかった。それでも嘆く者がいなかったのは、ひと晩だけの我慢だと思っていたことに加えて、グランピング場の食事が足りなかった場合を想定し、夜食用のカップ麺《めん》やおやつを持ち込んでいたからである。しかも、それらの調達にあたって連絡ミスがあったせいで、量が多かった。

「ここに泊まり込むと決まったら、気が楽になってきた。ハプニングをいい想い出にしよう。すごく変な状況だけれど、こんな経験めったにできねぇぞ」

壮真が開き直ったように言うそばで、ミゲルはスマホをいじっていた。どうしても電波を拾えないようで、「駄目だな」とこぼす。

「天変地異の心配をしているの？」唯菜が訊《き》く。「あれぐらいのことで世界が滅びるわけはないよ。いったい何だったか、不思議だけれどね」

六人がエントランスホールで車座になったところで、岳人が提案した。

「おやつでも食べようか。夜露がしのげる屋根の下に入れて安心したら、おなかが空《す》いてきた。今晩は早く寝ないとつらそうだな」

クッキーやスナック菓子をつまみ、ジュースを飲んで寛《くつろ》ぐ。ちょっとした遭難をしてしまったが、気心の知れた仲間が一緒なので愛里は不安を感じなかった。

壮真と岳人が、ポテトチップスを分け合いながら話している。

「こんなふうにどこにも連絡が取れない状況で連続殺人が起きるって小説、お前、好きだよな。マジでそんなことが起きたら怖すぎるわ」

「俺の大好物だよ。嵐や吹雪で助けが来なくなった山荘とか、電話もネットも通じない離れ小島のことを、クローズド・サークルっていうんだ。閉ざされた空間の中に必ず犯人がいる。誰か当ててみろ、って趣向だな。サスペンスも出やすい」

「わざわざそんな状況で人を殺す奴はいねぇだろ」

「つまらない指摘をしやがって、野暮な奴だな。現実にはいないから小説になるんだよ。それに、読者に突っ込まれないよう作者も色々と考えて書いている。——ミゲルにそういう本を貸したこと、あったよな。面白かっただろ？」

一年生は頷《うなず》く。

「はい。誰が犯人なのか気になって、途中でやめられませんでした。……ただ」

「ただ、何だよ？」

「あの小説の中にもクローズド・サークルと言う言葉が出てきましたけれど、ちょっと引っ掛かります。僕、そんなに英語が得意なわけじゃないんですけど」

表現としてどうなのか、とミゲルは疑問に感じたという。

「クローズには閉じるという意味があります。でも、本来は軽く使われませんか？『ふだんは誰でも参加できるイベントだけれど、今日は会員だけのクローズで行ないます』とか『理事だけのクローズな会議』とかいう具合に。準備中や営業が終了した店はクローズドという札を出します。だけど、無理やり入ろうとすれば入れる」

「……かもな」

「嵐や吹雪で外界と連絡も取れないというのは、クローズしているどころか隔絶しています。英語で言うなら、アイソレートでしょう」

「アイソレーテッド・サークルと呼ぶのが正しい、と？　それがより正確なのかもしれないけれど、長くなるな」

壮真がにやにや笑った。

「二人とも理屈っぽい話が好きだな。いくらでもやってろ。時間は腐るほどある。――ベッドのある部屋がちょうど六つあって、よかったよな。部屋割りはどうする？」

部長へのお伺いだった。莉子はチョコレートバーを齧《かじ》りながら答える。

「どの部屋も同じだから、好きなところに適当に寝ればいいでしょう。手前の三部屋が女子、奥を男子にしようか。迷う人がいたら面倒だから決めちゃう。それぞれ名前の五十音順ね」

「電気を点《つ》けたまま寝てもいいですか？」

唯菜が訊くと、部長はこれにもてきぱきと答える。

「ここの所有者じゃないけれど、ＯＫ。唯菜は暗い部屋が苦手？　人それぞれね。私は明るいと眠れない」

「いつもは消灯して寝ますけれど、今夜は特別です。わけが判らないところに無断で上がり込んでいると思うと、安眠は難しそう」

緊急避難とはいえ他人の施設に侵入していることには違いがなく、なるべく遠慮をして過ごしたい。浴場が使えるのは確認済みだが、莉子の提案で湯は張らずにシャワーだけの利用に留《とど》めることになった。

「じゃあ、女性陣から先にどうぞ。――スマホのゲームもできないから、シャワーの順番待ちをしながらこれでもするか」

壮真がトランプを取り出し、小学生の誕生パーティのような時間となる。他にすることがないから仕方なく始めたのだが、非日常的な状況でのページワンや大富豪は大いに盛り上がり、みんな子供のようにはしゃいだ。

欠伸《あくび》をする者がちらほらと現われたところでお開きとなる。まだ十時まで間があったが、みんな早起きをしていたし、昼間の疲れが出たのだ。

「明日《あした》は爽《さわ》やかに晴れていてほしいですね」

二階に上がる前に、愛里は努めて明るい声で言った。「晴れるよ」「下山してラーメン食いたい」などと返ってきたが、ミゲルは窓の外を眺めている。

「真っ暗で、何も見えないでしょ？」

唯菜が言うと、彼は窓ガラスに鼻をくっつけて応《こた》える。

「昼間からずっと霧が立ち込めたまま。変ですよね」

愛里は、枕が変わっても平気な質《たち》だったが、その夜はスムーズに入眠する自信がなかった。寝つけなかったらどうしよう、と案じると、眠気は意地悪く遠ざかってしまうものだ。

——よけいなことを考えちゃ駄目。いつもの自分の寝室だと思って、どうでもいいことを思い浮かべていたら自然と眠くなるはず。ああ、そんなふうに考えるのもよくない。心を無にして……って、無にならないよ。

とてもではないが安らげず、寝返りを繰り返す。就寝前に窓から外を覗《のぞ》いたら、夜の闇の中でも霧が蠢《うごめ》いていた。

——ミゲルが言ったとおり、変よね。普通じゃないわ。

こうしている今も、濃霧は六人が逃げ込んだ建物を抱きくるんでいる。未来永劫《みらいえいごう》それは晴れないのではないか、とあり得ないことを想像してしまう。

精神を弛緩《しかん》させるのは難しかったが——肉体の疲労が愛里を救う。三十分もすると睡魔がやってきて、夢のない眠りに落ちた。


がやがやと騒がしい。

人が動き回る物音や気配。仲間の誰かの声で目が覚めた。

部屋のコンセントで充電したスマホを見たら、六時半である。八時間近く眠った。

何事かと気になり、素早く着替えて階下に下りてみると、莉子と岳人がいた。二人とも当惑した顔をしている。

「どうしたんですか？」と訊いた。

「壮真がいないの。外に出ているみたい」

莉子が言い、岳人が補足で説明する。

「目が覚めて顔を洗いに行こうとしたら、あいつの部屋のドアが細めに開いていて、声を掛けたら中にいない。もう起きているのか、と思って階下を見て回ってもいない。まさか朝の散歩じゃないだろうな、と玄関のドアを開けてみたら、これが落ちていた」

岳人は、指に挟んでいたものを見せた。煙草の吸殻だ。

「東田さんは煙草をやめたんじゃ――」

愛里が言いかけると、西本は首を振る。

「禁煙宣言をした手前、みんなの前では控えていたけど、俺しかいない時は『内緒にしてくれ』と吸うんだ。いつも煙草とライターと携帯灰皿は持ち歩いていたよ。今回も明け方にこっそり外へ出て一服していたんだろう。そう思って外を覗いたら、あたりに姿が見当たらない。まだ霧が立ち込めていて、散策に出るような天気じゃないのに」

彼は扉を開けてみせた。霧が依然として濃いのに驚く。

「で、扉のすぐ前にこれが落ちていたんですって」莉子が吸殻を指して言う。「見て。こんなに長い。まだ一回か二回しか吹《ふ》かしていないみたいじゃない。壮真が携帯灰皿を用意していたのなら吸い殻が落ちていたこと自体おかしいし、どうして吸い始めてすぐに捨てたのか判らない」

煙草を吸いかけて、すぐにやめることもあるだろう。大切な用事を思い出したり、目上の誰かに呼ばれたりすれば、慌てて火を消しそうだ。ただ、そのような場合は携帯灰皿を使うはずで、吸い殻が落ちていたのが引っ掛かる。

愛里が疑問を共有したところで、岳人はゆっくりと言う。

「ミステリの探偵を気取るわけじゃないけれど、こんなことが推察できる。壮真はみんながまだ寝ている時間に目を覚まして、煙草を吸いに外へ出た。そこで〈何か〉を目撃したんじゃないかな。〈何か〉っていうのがどういうものかは見当がつかないけれど、無視できないサムシングだ。ヒトなのかモノなのか、現象なのかも不明。多分、驚くようなものだったんだろう。思わず吸いかけていた煙草をぽろりと落とすほど」

情景が目に浮かぶようだが、愛里にも〈何か〉だけは想像のしようもない。厚い霧の向こうに、ちらりと見えたのかもしれない。

「びっくりした後、壮真はそれを追いかけたんじゃないかな。放っておけなかったんだ」

「霧の中を〈何か〉は移動していたんですね。でも、人や車が通りかかるとは思えません。熊がうろついていたのなら驚くでしょうけど、追うわけはありませんよね」

「いないはずの熊を見たら、そりゃ吸いかけの煙草を落としもするだろう。熊以外の野生動物でも驚くだろうけれど、それを観察したくてこんな霧の只中《ただなか》へ飛び出していくなんて考えにくい。説明がつかないんだよ」

「東田さんが外に出た時は、風向きの加減で霧が薄らいでいたのかもしれませんよ。それで、付近の様子を見に行っているとか」

あまり説得力のないことを口走ってしまったが、莉子は「かもね」と言う。

「愛里の仮説どおりだとしたら、出歩いているうちにまた霧が濃くなって、迷っちゃったのかもしれない。呼んでみましょう」

三人は扉の前に並んで、「壮真ぁ」「東田さぁん」と霧の壁に向かって呼び掛けた。

階上から唯菜とミゲルが下りてくる。二人も起床していたらしく、ちゃんと着替えていた。

「東田さんがどこかに行っちゃったんですか？　まさかこんな霧の中へ散歩に出るとは思えませんけれど」

唯菜は硬い表情で言った。愛里が経緯を話すと、ミゲルは額に手を当てる。急な頭痛に襲われたかのように。

「変なことばかりだ、どうなっているんだろう……」

五人で東田壮真の名を呼んだ。霧の山中は静寂に支配されていて、早朝なのに鳥の鳴き声もない。建物から離れたところにいても呼び掛けが彼の耳に届くはずなのに、いかなる応答もなかった。

「捜してくる」

出て行こうとする岳人を全員が制止した。莉子がきっぱりと言う。

「気持ちは判るけれど、危なすぎる。〈何か〉に危害を加えられたり、岳人も帰り方が判らなくなったりするかもしれない」

「かといって壮真が戻るのをじっと待ってられないよ。どこかの斜面から滑り落ちて、動くことも返事をすることもできなくなっていたら大変だ。こっちから見つけに行ってやらないと」

建物を離れるのは危険だし恐ろしいが、愛里は同調したくなった。岳人の言うとおりなら、助けに向かわないと壮真を見殺しにしてしまう。

莉子は唇を噛《か》んでから、リーダーシップを発揮してくれる。

「判った。だけど、壮真がどこかで困っているとしても、二次遭難を起こすのは絶対に駄目。長いロープがあったらそれを命綱にできるんだけど、持ってきていないものね。建物を見失わない範囲で捜しましょう。霧の中でも見やすいように、建物の電気を全部点《つ》けて。めいめいが音のするものを携帯して、もし迷ったらそれを鳴らすこと。熊除《よ》けの鈴でもスマホでも何でもかまわない」

すぐに実行に移すことになった。壮真が昨日と同じ恰好《かっこう》をしているのなら、赤いボーダー柄のシャツだ。霧の中でもそれなりに目立つと思われる。

「愛里、手をつないでいてね。一人でこの霧の中を歩くのは無理」

唯菜に頼まれた。愛里としても望むところだ。

「ミゲル、あっちを調べてくれるかな。俺はこっちに回る」

「はい。西本さん、無茶はしないでくださいね」

男性陣の声が右と左に分かれていく。部長は彼らとはまた違った方角へそろそろと歩いていたが、その姿はじきに霧に隠れてしまった。

愛里と唯菜は、へっぴり腰で探索を始めた。建物がどこにあるのか判らなくなるのが怖くて、頻繁に窓の明かりを確認しながら。

「あのさ」

唯菜が小声で言ったきり、口を噤《つぐ》む。

「何？」

「……多分、思い違いだと思うから言わなかったんだけれど、私、微《かす》かに悲鳴を聞いた気がするの」

ぎくりとした。

「いつ、誰の？」

「明け方近くに、男の人の悲鳴を。でも、昨日の夜は夢をいくつも見て、何度も目が覚めたりしたから、あれも夢だったと思う」

『多分、思い違いだ』と言いながら、私にしゃべったよね。夢だったと思うのなら黙っていたらいいのに。本当の悲鳴だったと思っているんじゃないの？」

唯菜は返答に窮した。友人を問い詰めても仕方がない。思い返しても判然としなくて、唯菜は困惑しているのだ。やがて――。

「現実の悲鳴だと思ったら、みんなを叩《たた》き起こしているよ。そうしなかったのは、単に寝惚《ねぼ》けていたからだと思う」

「今となっては判らないよね。その話、私が聞いたからもうおしまい」

「……うん」

左手にスマホを握りしめた莉子の姿が数メートル先にぼんやりと見えた。立ち止まり、埃《ほこり》でも入ったのか右手で目を擦《こす》っている。愛里たちが近くにいることには気づいていない様子だ。声を掛けようとしたら、「壮真ぁ！」と叫びながら椈《ぶな》の木立にそろそろと入って行った。

部長に倣って、愛里と唯菜も「東田さぁん！」を連呼する。別々の方角から、岳人とミゲルの声も聞こえていた。

「建物から二十メートルぐらいしか離れていないけれど、明かりが見えにくくなってきたよ」唯菜が振り返って言う。「このへんまでにしようよ」

「そうね。ここらが限界かな。先に進むのはやめて、横に動こうか」

莉子、岳人、ミゲルの声は遠くなっていた。ずっと呼び続けるのではなく、打ち合わせをしたわけでもないのに、全員が断続的にぴたりと黙る。壮真からの応答がないか確かめるためだ。その間だけ、痛いような静けさがあたりに満ちた。

「まさか、東田さんは建物の中にいるんじゃないよね。寝室以外のところで眠っている、とか」

唯菜が言った。本当にそうならば笑い話で済む。

「ありそうにないけれど……調べてみようか。お風呂場《ふろば》とかで転んで、怪我をしたのかもしれないし」

手をつないだまま建物に引き返している途中、笛のように鋭い悲鳴が響いた。愛里と唯菜は、握ったお互いの手をぎゅっと摑《つか》む。

女の声だった。莉子だ。

小動物が飛び出してきて驚いた、などという声ではない。

「月宮、どうした⁉」

「何ですかぁ⁉」

岳人とミゲルが叫ぶ。

唯菜の手は顫《ふる》えていた。体が急には動かないようだ。

「行ってみよう。東田さんが怪我をして倒れているのかもしれない」

愛里は言ったが、彼が負傷しているだけなら莉子があんな声を出さないだろう。怪我どころではないのではないか。

莉子は一度悲鳴を上げたきりなので、どこにいるのか判らない。とりあえず先ほど彼女を見掛けたあたりへ向かうと、ミゲルと出くわした。

「部長の声がしたのは、こっちの方でしたよね？」

彼の問いに愛里が答える。

「うん。さっき林の中へ入って行くのを見掛けた。この奥だと思う」

三人は塊になって木立に進むと、前方に誰かの影が見えてくる。岳人の後ろ姿だった。蹲《うずくま》って何かを見下ろしているようだ。

背後から三人が近づくのを察した彼は、振り返って言う。その顔には驚愕《きょうがく》が張りついていた。

「ここに月宮が倒れているんだけど、ふつうの状態じゃない。なんでこんなことに……」

壮真ではなく莉子の身に何かあったらしい。とんでもない何かが。

「心の準備をしてから見てくれ。月宮は、生きているとは思えない姿になっている。

見せたくないけれど、そんなわけにもいかない。首が……」

　ふつうではない状態がどのようなものか、岳人はあらかじめ伝えようとして、言葉を詰まらせた。

　目を背けて逃げるわけにはいかない。愛里は、ミゲルの後ろから覗《のぞ》き込んで、それを見た。両目と口を開いたまま横たわった莉子を。

　仰向《あおむ》けに倒れているのかと思ったら、そうではない。体は俯《うつぶ》せなのに、頭部が百八十度も捻《ね》じれて上を向いているのだ。

「あっ！」という声がいくつか重なった。

　唯菜はその場にしゃがみ込んでしまう。衝撃のあまり愛里はよろけ、棒立ちになっているミゲルに上体がぶつかった。

　岳人は言う。

「瞬《まばた》きをしない。手首に触れたら脈もない。ついさっきまで話していたのに、死んでいる。しかも、首がこんなふうになって。どういうことなのか説明のつけようがない。ただ……事故でこうはならないだろう？」

　高所から落ちて首が捻じれることがあるとしても、ここはそのような場所ではない。巨人が彼女の頭部を摑み、ペットボトルのキャップを開ける要領でひと捻《ひね》りしたかのようだ。

「動物に襲われたようでもありませんね。首以外に目立った傷はなさそうです」

ミゲルは、指の間から遺体を見て言う。

「ああ。熊にやられてもこうはならない。……なんだか判らないけれど、月宮、怖かったよな」

岳人が跪《ひざまず》いて両手を合わせたので、他の三人も合掌した。愛里は放心していた。あまりのことに悲しみの涙も出ない。

「東田さんが心配です。部長を襲った〈何か〉に遭遇して、逃げたのかもしれません」

唯菜が言うと、岳人は頷《うなず》く。

「相手が扉の近くにぬっと現われたから、建物の中には逃げ込めなかったのかもな。だとしたら、逃げ切ってくれたことを祈ろう。無事で戻ってきてくれたらいいんだけれど」

椈林の奥で、莉子と同じ様になって横たわっている壮真を想像してしまい、愛里は気分が悪くなった。

「〈何か〉はまだ近くにいるかもしれません。ここは危険だから戻りましょう。月宮さんをこのままには――」

ミゲルが言いかけた時、ガサリと音がした。四人は大声で叫び、建物へと駈《か》けだす。視界が悪すぎて全力疾走はできない。〈何か〉に容易に追いつかれるのでは、と愛里は生きた心地がしなかった。

建物に飛び込むなり、岳人がしっかりと施錠する。誰もが荒い息をしており、乱れた呼吸が整うまで時間が掛かった。

「小さな音でした。〈何か〉じゃなくて、小枝が風に吹かれて落ちただけだったような気が……」

ミゲルが言うとおりかもしれない。しかし、パニックになって当然の場面だった、とも愛里は思う。

「月宮を外に放っておけない。様子を見て、ここに運ぼう。せめて霧が晴れてくれたらいいのにな。壮真も気になる」

岳人は忌々しげだ。ミゲルは口許《くちもと》に手をやって言う。

「おかしなことばかりです」

「お前、やけに冷静だな。月宮があんなことになったんだぞ。『おかしなこと』どころじゃないだろ！」

唯菜が割って入る。

「喧嘩《けんか》だけはやめて。こんな時にそれだけは嫌です」

先輩の岳人が先に詫《わ》びた。

「すまん。言いがかりみたいなことを。空腹で気が立っているらしい」

後輩も申し訳なさそうにする。

「僕こそ、言葉遣いに鈍感ですみませんでした。冷静どころか、必死で自分を落ち着かせているんです。今も膝《ひざ》が顫えて止まりません」

「……そうか」

仲違《なかたが》いが回避されたところで、ミゲルが話しだす。

「『おかしなこと』というのは、月宮さんがあんなことになっただけじゃないんです。一瞬だけの地震から始まって、山の地形が信じられないほど変わっていたり、霧がいつまでも晴れなかったり、色々とあります。この建物が何のための施設かというのも謎ですが、わけあって完成手前で工事が中止になったとか、僕たちが事情を知らないだけでしょう。でも、ここで説明がつかないものを僕は見ました」

岳人は眉根《まゆね》を寄せる。

「いつだよ？」

「中に入って、すぐ。得体が知れない建物に泊まることになって、最初はとても不安でしたよね。だから、その上さらに奇妙なことを指摘して、みんなを怖がらせたくなかったんです」

「怖いことなの？」

愛里が尋ねる。ミゲルだけが何に気づいたというのか？

「みんな僕と同じものを見ているんですよ。誰も不思議に思わなかったので、わざわざ話すのをやめました。――あそこのカウンターの上にペン立てがありますよね」彼が指差すので、みんながそれを見る。「細い筒状で、空っぽです。あんな激しい揺れがあったのに、どうして倒れなかったんでしょう？」

「どこが不思議なんだよ。たまたま倒れなかっただけじゃないか」

言い返しながら、岳人の表情が翳《かげ》りを帯びた。

「そう言われたらそれまでですが、僕は別の見方をしました。この建物は揺れなかったんじゃないか、と」

「最新の免震構造が施されているとでも？」

「こんな平たい建物に、そんな贅沢《ぜいたく》なものは必要ないでしょう。僕が言いたいのは、あの地震みたいなものは僕たちがいた場所だけで発生したのでは、ということです。瞬間的なだけじゃなく、ごくごく局所的な揺れだったとしたら……」

「だったら、どうなんだ？」

ミゲルは黙り、岳人はさらに言い募った。

「俺たちの真下の地中で、メタンガスか何かが爆発したとでもいうのか？　ペン立てが倒れていなかったことまで謎にしなくていいだろう。不思議がりすぎだ」

「西本さんが言うとおりかもしれません」

後輩は引き下がる。本当はまだ何か言いたかったのでは、と愛里は思った。

唯菜が手許で何かしている。圏外なのを承知の上、スマートフォンが通じないかを試しているのだ。岳人もそれに気づいて、膝を叩く。

「一度だけでも奇跡的につながれば助けを呼べるな。みんなでやろう。俺は風呂場《ふろば》と厨房《ちゅうぼう》で電波を探ってみる。手分けして色んな場所で試すんだ。——クローズド・サークルの鉄則に反するけれどな」

さっそく岳人は厨房の方に向かった。最後に付け足した鉄則云々《うんぬん》の意味を考えていたら、ミゲルが教えてくれる。

「クローズド・サークルで連続殺人が発生したら、一人になるのはNGなんです。みんなで固まっていた方が安全なので」

「ああ、そういうこと。でも……ここには安全も安心もないよね」

ミゲルは浮かない顔で頷く。

「はい。部長をあんなふうにできるなんて、犯人はまるで怪物です。もし施錠した扉や格子の嵌《はま》った窓を破られたら、何の武器もないから防御できません」

「うん、そうなんだけど、わざわざ口に出して言わないでよ」

唯菜を見たら、ミゲルの言葉はスマホの画面に集中している彼女の耳には入らなかったようだ。

スマホの連絡を受けて助けがくることを熱望した。早くこの恐ろしいところから抜け出したいし――。

恐怖のさなかにあって、空腹もつらかった。

愛里は二階に上がると、廊下の窓辺に順に立ち、懸命に電波を探った。どこで試しても圏外。自分の部屋で反対側の窓にスマホを向けても変わらない。そんな作業を一時間も続けると、すっかり疲れてしまった。

ベッドに寝転がっていると、ノックとともにドアの向こうで声がする。

「私。入っていい?」

唯菜だった。招き入れ、ベッドに並んで腰を下ろす。

「つながらないよね」

「私ね、一回だけアンテナが立った気がするの」

「えっ」と声が出た。「どこで?」

「さっき自分の部屋の窓際で。だけど一瞬だったから、勘違いかな」

やれやれ、と溜《た》め息が出た。願望が見せた錯覚だろう。

「砂漠の旅人みたいね。オアシスの蜃気楼《しんきろう》でしょう」

「多分」

グゥと腹が鳴った。

「うるさくして、ごめん」

「どうして唯菜が謝るの？　今のは私だよ」

「二人同時に鳴ったのかもね。お腹、空《す》いた」

唯菜は自分の腹を撫《な》で回す。

「妊婦さんみたい」

「愛里もさっきやってたよ。無意識のうちに。自然とお腹に手が行くね」

短い沈黙。二人の視線は自然と窓に向けられる。期待は虚《むな》しく、霧は変わらず立ち込めていた。

「東田さんはどうなったんだろう？　帰ってこないところをみると……」

唯菜はその先は言わない。莉子と同様の姿になっていることも考えられる。愛里は話を変えた。

「食料はまだある。今日の分として、カップ麺《めん》をいくつか残したもの」

「一人に一個もないよ。……いや、あるか」

莉子の分が浮いた。壮真も戻ってこないとしたら、四人に一個ずつ割り当てられる。食べられる量が増えたんだ、と思った途端に、愛里は嫌な気がした。

「階下《した》で話し声がしてるね。行ってみよう」

唯菜を誘って下りてみると、岳人とミゲルがぼそぼそと話していた。冴《さ》えない表情を見ただけで、スマホが通じなかったことは訊《き》かずとも判る。

「これからどうするかについて検討していたんだ」岳人が言った。「まず、食事について。娑婆《しゃば》のサイクルに合わせて、正午になったらカップ麺でランチにしよう。ちょうど四つある。空腹を癒《いや》すには足りないけれど、仕方がない」

東田さんの分は取っておかないんですね、とは訊けず、愛里は頷《うなず》いた。

「あとは菓子類しか残らないから、さらに苦しくなる。スーパーヒーローが助けにきてくれる可能性はゼロだろうから、自力で下山するしかない。ただ、こんなに霧が濃かったら無理だ。いくらかでも薄らぐのを待って、ここを出よう。やまない雨はない。晴れない霧もない」

通常の天候であれば、そのとおり。しかし、昨日来の濃霧はおよそ普通ではなく、永遠に晴れないのでは、と愛里には思えた。

「晴れなかったらどうするんですか？」

単刀直入に唯菜が尋ねた。岳人は、その場合についてミゲルと話し合っていたらしい。

「それでも出て行くしかないな、と俺たちは意見の一致を見た。ここにいたら最終的に餓死するしかないんだからな、ただ、問題は下山を決行するタイミングだ。粘り強く天候の回復を待つのか、体力があるうちに勝負に出るのか。後者だとしたらカップ麺で腹ごしらえしてすぐに出発するのがベストだけれど、無鉄砲なことは避けて、天候の変化をもう少し待ちたいよな」

メンバーの中で最年長となった彼は、リーダーシップを発揮しようとしている。行方知れずの壮真はどうするのか、と愛里は訊いてみた。

「霧が薄らいだら月宮の遺体をここに収容して、壮真が近くにいないか捜す。見つからなかったら下山して、彼の救助を要請する。苦渋の決断だ。天候がこのままの場合、いつアクションを起こすかを決めておきたい」

それを受けて、ミゲルが言う。

「明後日《あさって》の午前中に見極めたらどうか、というのが西本さんの考えです。明後日では遅い。僕は、明日《あした》の朝がいいと思います。水だけで二日以上過ごすと体力は相当落ちるので、判断力にも影響しそうです」

「どうするのが正解なのかは神様にしか判らない。愛里と唯菜はどう思う？　よく考えてから答えてくれ」

急《せ》かされなかったのに、唯菜は即答する。

「〈何か〉が近辺にいるのに、外に出るのは嫌です。ここで助けをじっと待つ、というのは駄目ですか？　電波がひょっこり通じるかもしれませんよ」

岳人はいったん受け留めた。

「なるほど。愛里は？」

三つの案のうち、どれに賛成したらよいのか選べない。正直に答えるなら三つとも願い下げだが、第四の道を提案することもできなかった。

「参考までに……水だけだと、人間は何日ぐらい生きられるんでしたっけ？」

「二、三週間ぐらいかな。もちろん個人差があるんだろうけれど」岳人はそこで語気を強める。「でもな、一定のラインを超えたら立つこともできなくなるし、ぎりぎりで救助されても健康上の問題が残るかもしれない。唯菜が言うとおり消極策を採るとしても、いつまでここで待つのか設定しておくべきだろうな」

唯菜はつらそうな顔になる。

「体力のあるうちに、というのは理解できるんです。だけど、霧の中へ出るのは怖くて……どうしても……」

重たくなった空気をミゲルが払う。

「西本さん。この問題については飯を食べてから話し合いましょう。その方が頭の血流がよくなって、知恵が出ますよ。お湯を沸かしてきます」

かくしてランチタイムが繰り上げられた。ささやかな昼食は、たちまち終わってしまう。愛里はカップ麺をとんでもなく美味に感じたが、満腹にはほど遠かった。

下山のタイミングについての話し合いは進まなかった。岳人やミゲルにしても迷いがあるらしく、自論を強く押そうとはしない。もうしばらく考える、と結論を先送りすることになった。

「ちょっと寝てくる」岳人が欠伸《あくび》をしてから言った。「実は、ろくに眠っていないんだ。ようやく眠気がきた。何かあったら叩《たた》き起こしてくれ」

階段を上がっていきかけた彼は、ふと足を止めて目を擦《こす》る。莉子がしていたのと似た仕草だった。建物の内外に埃《ほこり》が舞っているようでもないのに。

「ゆっくり休んでください。僕たちは、もう少しスマホの電波を探ってみます」

ミゲルが声を掛けたので、岳人は振り向いた。

「一縷《いちる》の望みに賭《か》けて、やってみてくれ。頼んだ」

先輩が二階に消えると、「さて」と後輩が言う。

「どうせなら担当する区画を決めて、隈《くま》なく調べませんか。必ずつながると信じてやりましょう」

唯菜はミゲルの背中をぽんと叩いた。ふだんの彼女なら、そんな馴《な》れ馴れしいことはしない。

「『信じてやりましょう』って、元気が出るようにしてくれているのね。波多ミゲルはいい奴」

「うん。でも、試す価値はあるよ。私、さっきアンテナが一本立つのを見た気がするの」

「これしか試すことがありません」

「本当に？」

不確かなことを言っちゃって、と愛里は苦々しく思いかけたが、もしかしたら唯菜の錯覚ではないのかもしれず、前向きな気持ちになれた。

一階を唯菜とミゲルが分担して、愛里は二階を任される。さっきも調べたところだが、今度はより入念に根気よく試すことにした。

しかし、つながらない。三十分も続けると笊《ざる》で水を掬《すく》うような手応《てごた》えのなさに倦《う》み、また自分の部屋のベッドに寝転んだ。階下の唯菜とミゲルは真面目にやっているのだろうな、と思うと申し訳ないが、動く気力がなくなっていた。

──「これしか試すことがありません」か。

ミゲルの言葉を思い出して反省する。サボっている場合ではない。ベッドに座ったまま、窓際にスマホを翳《かざ》してみた。

アンテナが立った。一本だけ。

息を呑《の》む。

大きくなった心臓の鼓動を感じながら、110とタップする。スマホの位置を変えないように保持したまま。

『警察です』

――外の世界とつながった！

突然のことで、何をどう話すか準備していなかったが、悠長に考えてはいられない。細い糸は今にも切れてしまいそうだ。

「Y山で遭難しました。助けにきてください。大学生六人のグループのうち、女性一人が死亡して、男性一人が行方不明です」

興奮のあまり呂律《ろれつ》が回らなくなりかけたが、一気にそこまで言えた。

『現在位置が判りますか？』

きびきびとした男性の声が頼もしい。

「道がふた手に分かれたところを過ぎて、K町に下りようとしていたんです。今はその途中にある二階建ての建物に避難しています。何の建物なのかはどこにも書いていなくて、判りません」

『女性一人が死亡というのは、転落事故などによるものですか？』

「いいえ。首が百八十度ねじ曲がっていて、すごく変なんです。霧の中で〈何か〉に襲われたみたいで……」

『〈何か〉とは？』

おかしなものが聞こえた。教会の鐘の音らしいものが、相手の警察官の声に重なっている。

「全然判りません。ものすごい力で頭を捻《ひね》られたようになっています」

『他に怪我をした人はいますか？』

カーン……カーン……。

やはり鐘が聞こえる。高く澄んだ音色だ。

相手がいる部屋の窓のすぐ外で鳴っているかのようだ。そんな警察署があるとは思えないのに。

「あの……近くの教会で鐘を撞《つ》いているんですか？」

どうでもいいことなのに、つい訊《き》いてしまう。

『いいえ。──大丈夫ですか？』

幻聴を疑われたらしい。不用意な発言を後悔し、自分の意識は清明であることを伝えた。

『あなたのお名前は？』

「秋吉愛里です」

『大学名と他の五人の──』

そこで通話が切れた。慌てて掛け直そうとするが、もうアンテナは立たない。

せる。

「嘘ぉ！」

電波がくる場所を探るが、表示は圏外になったままだ。取り返しがつかないミスをしたようで地団駄を踏みたくなったが、今しがたの会話を反芻《はんすう》して、自分を落ち着かせる。

——遭難していることも、どのあたりにいるかも話した。曖昧《あいまい》な場所しか言えなかったけれど、警察が調べたら突き止められるはず。仲間の一人が死んで、一人が行方不明というのも伝えたから、大至急ここに飛んできてくれる。場所を確認するのに少し手間取るとしても。

必要最小限の情報は話せているではないか。大学や遭難者の名前など、とりあえずはどうでもいい。

みんなに報告しなくては、と思いながらも、今ならまた電話がつながりそうで、スマホの画面に見入っていた。外部の人間の声がもっと聞きたくてならない。

三分ほど粘って、諦《あきら》めた。もう一度つながったとしても、同じことを繰り返して念を押すだけだ。ここは一刻も早く仲間に吉報を伝えるべき。

勢いよく立ち上がったところで、身の毛がよだつような声がした。莉子が死の直前に放ったのと同じような絶叫。

岳人のものだったように思う。彼がいるのは、確か三つ隣の部屋。

恐怖で体が硬直してしまい、すぐには動けなかった。自分が最も近くにいるのに、何もできない。

二人分の足音が階段を上がってきた。駈《か》け上がるのではなく、そろそろとやってくる。愛里がドアをわずかに開いてみると、唯菜とミゲルの蒼《あお》ざめた顔があった。

ミゲルは廊下の先を指差す。三つ隣の部屋のドアが大きく開いていた。

「西本さんに何があったんですか？」

彼に訊かれても愛里には答えられない。三人は警戒しながら岳人の部屋に近づく。室内を覗《のぞ》くと、彼はベッドの上でぐったりとなっていた。

何が起きたかを悟った瞬間、三人は揃って大声で叫んだ。岳人の顔は天井を向いているのに、体は俯《うつぶ》せだったのだ。莉子とまったく同じだ。

悲鳴を聞いて覚悟はしていたとはいえ、あまりの惨《むご》さに立ち尽くすしかない。がらんとした室内を見回しても何が起きたのかを窺《うかが》い知ることはできない。

脅威は霧に潜んでいるのではない。愛里は口にせずにいられなかった。

「〈何か〉は、この建物の中にいる。いつ、どこから入ったのか判らないけれど」

唯菜がしがみついてきたので、ぎゅっと抱き返す。ミゲルは口許《くちもと》に右手をやっていた。吐き気をこらえているわけではなく、考え事をする時の癖だ。

「またまた変なことが起きました。西本さんの叫び声を聞いて、僕と稲岡さんはすぐ階段を上がったんです。恐怖も忘れて反射的に。でも、〈何か〉とすれ違ったりしなかった。そして、〈何か〉は廊下にもこの部屋の中にもいない」

「他の部屋に入ったのよ」

唯菜が言ったが、愛里は同意しかねた。ドアが開閉する音を聞いていない。

「ここのドアは重くて、閉まる時にバタンって鳴るじゃない。静かに開け閉めするのは難しいよ」

反論された友人は、唇を尖《とが》らせた。頰が紅潮している。

「じゃあ、〈何か〉は幽霊ということになるわね。待って。目に見えないのなら、今もこの部屋にいたりする？」

彼女はネコ科の動物のごとき敏捷《びんしょう》さで、ドアノブを引いた。愛里は呆《あき》れてしまう。

「それで〈何か〉を閉じ込めたつもり？　鍵《かぎ》、外からは掛けられないよ。ずっとノブを引っぱっているわけにもいかない」

「こうしたら自分では廊下に出てこられないタイプの幽霊かもしれない」

本気で言っているのではなさそうで、否定はしなかった。そんなことより、重大なことを報《しら》せなくてはならない。

警察に電話がつながったことを話すと、二人の顔がぱっと明るくなった。唯菜の笑顔は次第に崩れて、泣き笑いになる。

「助けを呼べたのに、西本さんはあんなことになっちゃった。もう少し早く電話がつながっていたら……」

　ミゲルが小さく右手を挙げる。

「階下へ下りませんか？　今の話をくわしく聞きたい。これからのことを相談しましょう。それに……喉《のど》がからからです」

〈何か〉は一階に移動しているかもしれないが、二階の廊下にいたら安全が保証されているわけでもない。どこにいても危険なのに変わりはなかった。

　残っている菓子類を食べながら、まずは愛里が警察に通報した時の模様を再現した。必要最低限の情報が伝達できている、と唯菜とミゲルが認めてくれたので安堵《あんど》する。妙な鐘の音が聞こえたこともついでに話してみた。唯菜にとっては何の不思議もないらしい。

「スマホだって昔の電話みたいに混線するよ。私、出先からお母さんと話していて、ビジネスマンのシビアな会話が混ざったことがある」

　ミゲルは解せない様子だ。

「鐘の音だけ混じるというのは変ですよ。――話し声はしなかったんですよね？」

「うん。教会の鐘みたいだった。大聖堂のじゃなくて、ヨーロッパの村にある小さな教会の鐘って感じ」

「一一〇番したのなら、警察の通信指令室につながったはずです。教会のすぐそばという わけはない」

疑問は解けなかったが、些細《ささい》なことだ。ミゲルによると通信指令室とやらにつながった電話は自動的に録音されるそうなので、愛里が話した内容は一言一句まで確認してもらえる。

「それにしても、頭数が四人から三人に減ると、ぐんと心細さが増しますね。……すみません。ネガティヴなことを言ってしまいました。秋吉さん、何かポジティヴなことをお願いします」

「なんで私に振るのよ。——とにかく、ここまできたら助かろう。救助がくるまで〈何か〉から身を守らなくっちゃ。そのためには相手の正体を突き止めたい。唯菜は幽霊と言ったよね。だけど、探訪部が幽霊に恨まれる覚えはない。何なのよ、その幽霊?」

「私に追及されても……。神隠しの山に無遠慮に入ったから、祟《たた》られたんじゃない?」

「この山って、何人も決して立ち入るなかれ、という禁断の山でもないよ。山頂やK町まで道がついているし、こんな施設も建ってる。……って、この建物についてはは保留にしようか。山の神様がいたとして、私たちは特に無作法なことはしていない。祟られるとは思えないな」

「どうかな。悪気なく粗相をしていて、年長者から順に責任を取らされているみたいよ」

だが、三年生の先輩たちの誕生日を思い出してみると、生まれが早い順に奇禍に遭っているのでもなかった。

「ちょっと気になるんだけれど」

愛里がそう言っただけで、ミゲルが食いつく。

「何ですか？」

「月宮さんと西本さんは、襲われる前に似たような仕草をしたの。こんなふうに目をごしごし擦《こす》って――」

前後の状況を含めて話してみる。それがどうした、と唯菜は言いたげだったが、ミゲルは口許に手をやった。何か意味を読み取ろうとしてくれているらしい。

「私も言っちゃうね。明け方、夢うつつで悲鳴を聞いたこと。男の人の『うわぁ！』って声で、東田さんだったみたいにも思う」

今になって何故そんな話を、と愛里は思ったが、理由があった。岳人の悲鳴がする直前に、唯菜とミゲルは不穏なことを話していたそうだ。

「僕が場違いなことを言ってしまったんです。自分たちはいわゆるクローズド・サークルに閉じ込められている。もしもこれが犯人当てミステリだとしたら、東田さんは死んでいなくて、実は連続殺人の犯人だろう、なんて不謹慎なことを。もちろん、本気でそんな可能性を考えていたんじゃないですよ」

戯言《ざれごと》なのは唯菜も承知していた。その上で、反論しようとしていたのだ。

「東田さんが何かに襲われたように偽装したかったのなら、明け方の悲鳴は小細工として中途半端すぎるでしょ。聞いたのは私だけで、それも気のせいかと思う程度だったんだから」

「稲岡さんの言うとおりです。だとしたら、やっぱり東田さんは〈何か〉に襲われてしまったことになりますね」

ミゲルはそう言ったきり黙り、例のポーズで考え込んでしまう。何かが気に掛かっているようだが、愛里たちと疑問を共有しようとはしない。漠然としすぎていて言葉にしにくいのか。

「私たち、固まっていようね」唯菜が懇願するように言う。「これまで〈何か〉にやられた人は、独りでいるところを襲われている。二人以上がいたら手を出せないのよ」

新しい視点だった。そんな法則があるのなら助かる道が拓《ひら》けそうだが、儚《はかな》い希望的観測にも思える。唯菜が気持ちを鎮められるのなら、そう信じていたらよい。

「離れないよ」

「僕も離れません。救助がくるまで」

さらに三人の心を軽くすることが起きた。気がついたのはミゲルだ。

「窓を見て。ほんのわずかですけど、霧が薄くなっていませんか？」

彼の言うとおり、分厚かった霧の壁がいくらか薄まり、風で揺らいでいる向こうに木々の影が浮かび上がっていた。これまでなかった変化だ。

「救援の到着が早まるわ。このまま晴れてくれたら、私たちが自力で下山することだってできそう」

「自力で下山するのはなるべく避けたいな」愛里はやんわりと反対した。「また迷ったりしたら最悪だから。この山では何が起きるか判らない」

「ここで霧を注意して見ていましょう。固まって、離れずに。――これを分けましょうか。カロリー補給です」

ミゲルがナッツの袋を開封し、三人でシェアした。岳人の死は衝撃だったが、事態は好転しつつあるようでもある。さっぱりわけが判らないままに。

気を紛らわすために雑談をしながら過ごす。その間も各人はスマホをいじり、電話が通じないかをチェックしていた。

午後二時になると、愛里は欠伸《あくび》を連発しだした。瞼《まぶた》が重くて、自然と目を閉じてしまう。眠くなる時間帯だし、気分が楽になったせいもあるようだった。

「昼寝をしますか？　ここの床では寝にくいでしょうけど」

ミゲルの勧めに従い、三十分ほど眠ることにした。硬い床でもかまわない。二階の部屋に上がり、ベッドで寝るなど願い下げだった。

「きゃあっ！」

唯菜の叫び声で午睡から覚める。人が倒れるような音がした。

はっとして上体を起こしたら、二人の姿がない。瞬時に浮かんだのは、三人で固まっていようと約束したのに無防備な自分をなぜ放置したのか、ということではなかった。

——今のは何？

浴場やトイレのある方角からだ。そちらに顔を向けたが、廊下に人影は見当たらない。

「うわぁぁぁぁぁ！」

今度はミゲルの悲鳴。それは莉子や岳人の断末魔とそっくりで、恐怖と絶望が愛里を貫く。

二人がどんなに悲惨な状況にあろうと、自分にできることはない。そう思って反射的に走りだした。声がした方から遠ざかるため、二階へと駈《か》け上がる。そこにも希望がないことを承知しながら。

——見捨てて、ごめん。でも、助けられない！

階段を上り切る手前で、あらぬ情景が頭に浮かんだ。首が捻《ね》じれた岳人が死から甦《よみがえ》り、廊下で待ち伏せしているのではないか、という妄想だ。

それでも引き返せない。エントランスホールに戻ったら、首が百八十度捻じれたまま後ろ向きに歩いてくる唯菜とミゲルと鉢合わせしてしまうかもしれない。

廊下にゾンビ化した岳人はいなかった。愛里は自分の部屋に飛び込み、施錠する。この錠が、この扉が、どこまで自分を守ってくれるかは判らない。たちまち蹴《け》り破られるだろうな、と思う。

逃げる際、慌てていようとスマホは忘れなかった。しかし、これが通じたとしても、今さらどうなるというのだ。母親に電話して、別れを告げる間もなさそうだ。

最早《もはや》、立っている力もない彼女は、壁にもたれたまますずるずると床にしゃがみ込んだ。

——こんなことになる前に戻りたい。どこで何を間違ったんだろう？

時を超えられるわけがないのに、あの時点に戻れたら、としつこく考えてしまう。最期の覚悟を決める時が迫っているのを感じた。

また涙があふれそうになった時、スマホから着信音が流れた。

どきん、と心臓が跳ねる。

――電波が……届いてる。

愛里は顫《ふる》える手でスマホを持ち上げ、画面を見た。

着信あり。警察からだった。

――ここに着いたの!?

電話に出ると、先ほどと同じ声がした。

『秋吉愛里さんですか？　ああ、ようやくつながった。何度も掛けたんですよ』

「きてくれたんですか？　早く助けて。もう私しか生き残っていません！」

事態が切迫していることが伝えたくて、怒鳴るように言った。

『Y山で遭難して、二階建ての建物に避難しているということでしたね。それは正確ですか？　該当する建物はY山にも周辺にもありません。悪戯《いたずら》じゃないですよね？』

耳を疑うようなことを言われた。

「悪戯なんかじゃありません！　場所が判りにくいようですけど、この電話の発信地点から見当がつきませんか？」

『調べてみたら確かにY山からなんですが……それが奇妙なんだな。あなたが言うような建物は、あの山にも近辺にもないんです。建てられるほど平坦《へいたん》な場所も、資材を運ぶ道もない』

「登ってきてみてください。私、現にそこにいるんですから。霧も晴れてきています」

『霧とは？　昨日来、Y山周辺では好天が続いていますよ。あなたの言うことは、どれも理解に苦しみます』

愛里を茫然《ぼうぜん》とさせる男の声に、またあの不可解な音が重なった。カーン……カーンという鐘の音。

「……そちら、本当に警察ですか？」

『あなたこそ何者で、どこから電話しているんですか？』

理不尽さに耐えかねて、通話を切った。頭の中の整理がつかなかったが、じっくりと考える時間はなかった。

また着信あり。画面には〈ミゲル〉の表示。

「……もしもし」

怯《おび》えながら出た彼女に、後輩はまくし立てる。

『よし、通じた。──秋吉さん、よく聞いて。この建物の中でも外でも、陽炎《かげろう》みたいなものが見えたら必ず目を閉じること。あれは何だろう、と見つめたりしたら、よくないものが現われる。見たら〈何か〉が出現するんですよ。そうなったら終わりだ。殺される』

彼が無事なのかが気になる。

「ミゲル、今どこ？」

『風呂場《ふろば》の向かいの事務室。〈何か〉をすり抜けて逃げ込んで鍵《かぎ》を掛けたんですけど、扉に体当たりをしてくる。もうすぐ破られちゃうな。せいぜいあと二、三分かも』

言われて、濡《ぬ》れたバスタオルで床を打つような音がしているのに気づいた。電話の中からだけではなく、外からも聞こえてくる。

『だから時間がない。黙って聞いてくださいね。──おかしな陽炎を見たら、すぐに視線を逸《そ》らすか目を閉じる。ごしごしと目を擦《こす》って見直したらアウト』

「ああ、だから……」

莉子と岳人は陽炎を目にして、あれは何かと凝視するために目を擦ったのか。どの被害者も死ぬ前に悲鳴を上げていたのには理由があった。──見てしまったら終わり。

『稲岡さんにも伝えてくださいね』

その名前に、はっとする。

「唯菜はどこ⁉」

『廊下の隅に倒れています。怖いからとトイレへの付き添いを頼まれて、一緒に行こうとしたら廊下で僕が陽炎を見つめてしまいました。〈何か〉が出てきかけたところで稲岡さんを突き飛ばしたら、壁で頭を打って脳震盪《のうしんとう》を起こしたみたいで……。とっさのことで僕もパニックになっていたんです。〈何か〉は僕を襲ったら、いったん消えるでしょう。その隙に助けてあげてください。そして、さっき言ったことを絶対に伝えて』

ドアを打つ音が変わった。破られかけているのか。

「〈何か〉って、どういうものなの？」

『さあ。この世界のやばい生き物なんでしょうね。僕らがいた世界の熊みたいな存在かもしれません。秋吉さんには見てもらいたくない。命を奪いにくるだけじゃなく……すごく醜いんです。説明したくもない』

「ミゲル、諦《あきら》めないで。何とかそこから逃げて！」

助かることを完全に諦めたから、彼はこんなに冷静なのだ。愛里にはそう思えた。

『ここが、僕らがいたのとは別の世界なのは明らかですよね』

彼は諭すような口調で言う。

『どんなところなのかは判りませんが、〈何か〉がいる危険な世界です。僕たちは、運悪く時空の割れ目みたいなところからそこに落ち込んでしまったらしい。ほら、一瞬の地震のような揺れ。昨日のあれでしょう。何かの拍子にああいう現象が起きて、別の世界に人が落ちてしまう。この山では、きっと昔から繰り返されてきたんですよ。地震の活断層を連想します。神隠しの伝説って、そういうことなんだ』

恐怖に打ちのめされながらも、愛里の理性はあることに快感を覚えた。ミゲルが並べたのは仮説にすぎないが、警察の不条理な電話のやりとりに説明がつく。Y山中にありながら、自分たちは異なる世界にきてしまったため見つけてもらえないのだ。二枚の割符が合い、筋が通る。

だが、それを話す気には到底なれなかった。正鵠《せいこく》を射ていたとしても、解説してどうなる？　命の危機に瀕《ひん》している彼の救いにはならず、絶望の上に絶望を重ね塗りするのに等しい。

『ああ』

ミゲルの嘆声。バキバキという嫌な音。ついにドアが打ち破られたらしい。

『僕が言ったとおりにするんですよ。陽炎を見つめなかったら、おそらく〈何か〉は現われない。どうにかして稲岡さんとサバイブしてくださいね。こっちの世界で生きる方法もあるはず――』

早口で言ったところで、電話は切れた。スマホのアンテナは二本立っている。電波が途切れたのではなく、彼が自ら通話をやめたのだ。喉《のど》の奥から迸《ほとばし》るであろう悲鳴を聞かせないように。

甲高い声は、それでも愛里の耳に届いた。廊下や階段を伝って。

心が折れかけたが、ここで打ちひしがれている場合ではなかった。

――早く助けにいかないと。

意識を回復した唯菜が陽炎を見たら、〈何か〉がまた出現してしまう。

ミゲルが床に倒れた音らしき音がした。愛里は勇気を振り絞り、階下に向かおうとして、ふと窓に目をやった。濃密だった霧が、また一段と薄らいできている。何かが変化しつつあるせいで、電波状況もよくなってきているのかもしれない。

シルエットさえ定かでなかった建物の周囲の木々が、今は幹や太い枝まで見える。枝の一つに人間がぶら下がっていた。腹から逆V字形に折れた恰好《かっこう》なのに、顔は外側を向いている。壮真だ。殺された後、樹上に投げ捨てられていたのだ。

ちらりと見ただけで充分だった。唯菜の許《もと》へと急ぐ。ここが〈別の世界〉らしいと認識できただけで、いくらか恐怖が和らいでいるようだ。この別世界がどのようなものかに興味を向ける気にもなりかけている。

破られた空室のドアの前を、目を伏せて通り過ぎた。ミゲルを悼み、弔《とむら》ってあげたいが、今はその余裕がない。

唯菜は廊下の奥の隅で横たわっていたが、意識は取り戻した様子で、手足が弱々しく動いていた。駈《か》け寄りながら声を掛ける。

「唯菜、私よ。大丈夫？　色々と説明するから、目を閉じて聞いて。目を閉じるわけも話すから」

友人は低く呻《うめ》いている。「ミゲルが急に……」だけ聴き取れた。

「まず目を瞑《つむ》ってくれる？　お願いだから」

「どうしたのよ。わけ判んない」

頭の痛みをもっと気遣い、濡れたタオルで冷やしてあげたかったが、そんなことは後回しだ。

「ミゲルはどこ？　いきなり突き飛ばすなんて、理由があったはずよね。あれって、私を守ってくれたのかな」

目を閉じた唯菜は、それが一番気になっているのだ。彼の身によからぬことがあったのを察してか、表情も声も暗い。

愛里は友人を立ち上がらせ、「向こうで話そう」とエントランスホールまで手を引いて導いた。目を伏せて、足許だけを見ながら。

順を追って話した。信じられないことばかり聞かされた唯菜は、混乱の極みだったであろう。間歇《かんけつ》的に「えっ、えっ」と喘《あえ》ぐような声を発した。

「ミゲルは最期に色んなことを教えてくれた。私たちは、そこから出発しよう。どこへ向かうか今はぼんやりとしているけれど、この世界で生きる方法を探すのよ」

「生きる方法って言われても……」

「ミゲルの遺言よ。唯菜と私にそうしてほしがっていた。一人ぼっちじゃなくてよかったわ。――目を開けてみて。私しか見えないから」

愛里は友人の両肩に手を置き、顔を近づけた。こうしていればお互いに危険なものは目に入らない。

「じゃあ……助けはこないのね？　ここが別の世界だとしたら」

唯菜の問い掛けに、「そう」ときっぱり答えた。

「自衛隊の特殊部隊でも不可能ね。クローズじゃなく、完全にアイソレートしているから。グランピング場にこなかった大学生六人が行方不明になっているのが判明したら、警察は私の電話が悪戯《いたずら》じゃなかったことを知る。でも、どうしても見つけられなくて、現代の神隠し事件として騒がれるんだろうけれど、どうでもいいよね。私たち、それを見たり聞いたりもできないんだもの」

「この世界で生きていく方法なんて、あるの？」

「探そう。〈何か〉は熊みたいなものだってミゲルは言ってた。熊よりも対処しやすいかもしれないよ。〈何か〉は見なければ襲ってこない。おかしな陽炎《かげろう》が見えかけたら、目を瞑ればいい。それだけ注意しながら、山を下りてみようよ。ゆっくりと」

「山を、下りる……」

唯菜の肩を揺すりながら、愛里は言う。

「いい人がいっぱいの世界だったりして。向こうの世界にあった、あれやこれや嫌なものがない世界。その可能性もあるのよ」

「愛里みたいに簡単に頭を切り替えられないよ」

「切り替えようとしているところ。ミゲルの言葉に従いたいから。私たちのために……必死で……」

泣きだしかけたが、どうにか堪《こら》えた。

「霧がね、また薄らいでいるの。助けは呼べないけれど電波も通じやすくなっていて、変化が起きているみたい。下山のチャンスだったりするかも」

「……霧が晴れてきたのなら、外を歩けそうね」

「でしょ？　下ってしまおうよ。ここにいたってお腹が空《す》くだけ。下界には見たこともないご馳走《ちそう》が待っていたりして」

「殺し文句を言われた」

愛里だって、話しながら自分を説得していたのだ。唯菜の決心が固まるまで時間を掛けるつもりでいたが、存外に早く結論が出そうな雲行きである。

「うん、行く。残っているお菓子と水をリュックに詰めて――」

唯菜が言いかけた瞬間に、激しい揺れがきた。がたん、と世界が脱線したような震動。二人は座っていたから転倒はせず、床に手を突いて体を支えた。

――昨日と同じ！

あの後、K町に向かいかけた一行は吊《つ》り橋に出くわし、「余震がきたら落ちる」と言って壮真が尻込《しりご》みをした。世界に亀裂《きれつ》を走らせる揺れにも、余震があるのかもしれない。

ものの一秒で揺れが収まったのも、前回とそっくりだった。愛里と唯菜は顔を見合わせた後、窓の外に目をやる。

霧は晴れ、明るい陽が射していた。

にわかには信じられない光景に、愛里も唯菜もしばらく言葉を失う。

「すぐに山を下りよう。〈何か〉に気をつけながら」

やがて促したのは唯菜だ。口許に笑みがある。誰かの笑顔を見るのは久しぶりだ。

「うん。もう現われないでほしいね」

水や菓子類を収めたリュックを背負い、なるべく顔を上げないようにして建物から出ると、光を浴びる感触が素晴らしく心地よかった。さっきまで無気味な霧に包まれていたのが嘘のようだ。

「戻れたんじゃない？　ここは元の世界よ」

唯菜が声を弾ませるが、愛里は慎重な態度を崩さなかった。軽々に判断はできない。

「建物がぱっと消えてしまったのなら、元の世界に戻れたと思えるんだけれど」背後を振り返って「まだ、ある」

こっそりと視線を向けたら、壮真が木の枝からぶら下がっているのも見えた。他の仲間の遺体もそのまま残っているのだろう。

「私たちには、世界がズレる時の法則が判ってない。建物はだんだんと消えていくのかもしれないよ。あっ、だとしたら中にいるのはやばかったね。外に出たのが正解」

友人の言うとおりにも思えた。

「そうだね」

「愛里が言ってくれたおかげよ。注意しながらゆっくり歩いたとしても、下りだから麓《ふもと》までは一時間も掛からない。腹ぺこでも大丈夫ね」

元来、唯菜の方が楽天家だ。その気質がここにきて発揮されている。

「警戒は解かずに行こうね」

「うん。でも——ほら、空気が違う。邪悪なものや恐ろしいものから切り離されたのを感じる。生まれ変わったみたい。空もきれい」

青空の美しさに気づくのも、唯菜の方が早かった。

確かに邪気が払われたようだが、愛里には違和感があった。唯菜に伝えようにも、言葉では説明しにくい。

——地形が違うようだけれど、気のせい？　木立の色もやけに明るい。光の当たり方のせい？

ぱっと開けたところに出た。前方の森の色は、やはり見た覚えがない色をしている。こんな広々と平坦《へいたん》な場所は、くる時にはなかったはず。

「早く行こうよ。こんな山から抜け出して、家に帰る！」

愛里の歩みの遅さに焦れたのか、とうとう唯菜は駈《か》けだした。「待って！」と止めるのも聞かず、森に飛び込んでいく。

不穏な予感に首筋が粟立《あわだ》ったかと思うと、行く手の木立から唯菜の悲鳴がした。それを聞いた愛里は、わけが判らぬまま共鳴したように叫んでしまう。

唯菜の声は長く尾を引いてから、ぴたりとやんだ。

何事もなかったかのように、森は静まり返る。

友人は戻ってこない。

――元の世界でもないのね、ここは。

放心した愛里の耳に、教会の鐘らしきものが鮮明に聞こえてきた。遠くないところで鳴っている。

澄んだ鐘の音は、空高く響き渡った。

北沢陶

お家《え》さん

大阪府出身。イギリス・ニューカッスル大学大学院英文学・英語研究科修士課程修了。２０２３年、「をんごく」で第43回横溝正史ミステリ＆ホラー大賞〈大賞〉〈読者賞〉〈カクヨム賞〉をトリプル受賞し、デビュー。しっとりとした文章で読者を異界に誘い込む、最新鋭のホラー作家。

大阪船場《せんば》、道修町《どしょうまち》の和薬問屋である磯室屋《いそむろや》で奉公を始めたとき、長治《ちょうじ》は数えで十三歳だった。

「長治か。この店では丁稚《でっち》は皆『何吉』て呼ばれるよってな、ほんなら長吉《ちょうきち》やな」

頭の禿《は》げかかっている大番頭はそう言うと、丸まっていた背を大儀そうに伸ばした。

「早速やけど、『長吉』のお目見えしよか。まず旦《だん》さん一家にお目見えするよってな、粗相のないようにしぃや」

ひとりだけのお目見えのせいか、旦さん一家は長吉にあまり構えないようだった。当主である「旦さん」は名乗りと挨拶《あいさつ》を聞くと一言、

「辛抱しぃや」

と決まり文句のように言って帳面に目を落とした。その妻である「御寮人《ごりょん》さん」も似たようなことを告げるなり、忙《せわ》しなく家の奥へ引っ込んでいく。

娘の「嬢《いと》さん」は尋常《じんじょう》小学校から帰ってきたばかりで、長吉が名前を言い終わるかどうかというちに、紫の風呂敷《ふろしき》包みを押し付けてきた。

「これ、部屋に置いとき」

そう言い放つと大きな踏石の上を駆け、外へと飛び出していく。

大番頭はふうとため息をついて、

「嬢さんも遊びたい盛りやさかいな。風呂敷包みは……おまはん、そのまま持っとき」

風呂敷包みの中には教科書が入っているのか、やけに重かった。

次いで大番頭は二階の東側にある部屋に長吉を連れていった。襖《ふすま》の前に座り、長吉も横に座らせて「ぼんぼん」と声をかける。襖がわずかに開き、青白い少年の顔が覗《のぞ》いた。年は長吉より三つ四つ下だろうか。

「ぼんぼん、新しい丁稚が来ましたよって、お目見えを」

そうして長吉に名乗るよう目で促してくる。今度は長吉の「長」を言うか言わないかのところで、襖がぱしんと閉められた。

その隣が嬢さんの部屋だというので、大番頭の命じる通りの場所に風呂敷包みを置いた。嬢さんはひどく神経質な娘で、そこに置かれていないと家中に響くほど喚《わめ》き散らすのだという。

一階に下りると、店に知った顔があるのに気付き、長吉は思わず声を上げた。

「貞造《ていぞう》兄さん」

磯室屋に奉公している年の離れた兄だった。長吉が生まれたときには既に店で働き始めており、会えるのは正月と盆だけだったが、それだけにかえって懐かしさが込み上げる。

船場の店は丁稚を雇うのにも慎重で、口入屋を介するようなことはしない。たいていは番頭と同郷であるとか、雇われている者と兄弟であるなどの縁故がなければならず、長吉が磯室屋に奉公に出されたのも貞造の弟だという縁故あってのことだった。

呼びかけられた兄はわざと怒った顔をして、

「『貞造兄さん』は勘弁してくれんか。わしはもう手代やよって、ここでは『貞七《ていひ》っつぁん』て呼んでもらわんとな」

と言った。大番頭がたぷりと丸い顎《あご》を撫《な》でる。

「ほぉか、貞七の弟やったな。長吉のしくじりはおまはんの責任や思うて、面倒見いや。そやけど、手代と丁稚、同じ雇人《やといど》でも高低《たかひく》があるよってな、そこんとこの分別はつけなあかんで」

「へえ、分かっとります」

答える貞七は兄の顔ではなく、商家の雇人の面持ちをしていた。年に二回の休みのたびに、負ぶって遊んでくれた兄はこの家にはいない。長吉が顔を曇らせているのを知ってか知らずか、貞七は声がかかるなり返事とともに駆けていった。

大番頭はその背中を見送るでもなく、顔を引き締めて襟元を正した。

「あとはお家《え》さんやな。旦さん一家は、あのおひとで仕舞いや」

「お家さん」とは、旦さんの母親なのだという。それらしき後ろ姿は、長吉もちらりと目にしていた。店の表入口から裏へと抜ける通り庭があり、お家さんはそこに面した「中の間」に座している。大番頭いわく、中の間にいれば雇人が通り庭を通って蔵や下雪隠《しものせんち》に行くのも、女子衆《おなごし》の働きも一目で分かる。つまり、お家さんは雇人の動きを全て捉《とら》えられる、家の目のようなおひとだということだった。

通り庭を歩き、中の間の前に立つ。背中のやや丸まったお家さんが、通り庭から差す春の陽を横顔に受けて書き物をしていた。

「お家さん」

大番頭の声にお家さんは顔を上げると、ゆっくり座布団の上で向きを変えた。手は節くれだち、顔には皺《しわ》が寄っているが、きっちりと結われた髪には一筋の乱れもない。細く垂れた目が、長吉をはっきりと捉えていた。

「丁稚の長吉でおます。よろしゅうお頼み申します」

大番頭に教えられた言葉をそのまま言って頭《こうべ》を垂れ、数秒の間を置いてそろそろと頭を上げても、お家さんは指一本動かさないで、まだ長吉を見ていた。大番頭が落ち着かなそうに言う。

「お邪魔してえろうすんまへん、お家さん。ほんなら……」

「ええ子や」

静かな口調だというのに、厳然とした重みが長吉の背に載った。一言で相手を意のままにすることに慣れた者の声だった。大番頭は口を開いたまま、かちりと黙った。

「長吉、いうたか。あんたはええ子やな」

お家さんは言いながら、糸のような目をさらに細めた。

改めて大番頭が早口で部屋を辞す挨拶をし、中の間が見えなくなるまで、お家さんは目を細めたまま、ずっと長吉を見つめていた。

格子戸を通り、店の方へと引き返してから、大番頭に小声で訊《き》いてみた。

「あのお家さん、奉公に来た丁稚に『ええ子や』て、いつも言わはるんでっか」

大番頭は眉《まゆ》をひそめたまま答えた。「いや、おまはんが初めてや。けったいなこっちゃな……まぁ、気に入られるに越したことはあらへんのやけど……」

その後も何か言ったようだったが、長吉には聞こえなかった。

大番頭はそれから長吉を番頭、手代、他の丁稚や女子衆たちに引き合わせて名乗りと挨拶をさせた。励ましてくる者もいれば、からかう者、仕事にかまけてまるで相手にしない者、様々だった。だが、長吉の胸にはその間、お家さんの笑みと不可思議な言葉がずっと残っていた。


丁稚としての仕事は山ほどあった。朝餉《あさげ》前だけでも店先の掃除と打ち水、店のはたき掛け、拭《ふ》き掃除《そうじ》、硯《すずり》の水の仕替え、花瓶の水替え……。長吉含めて五人の丁稚でそれをこなすのだが、最初の一週間ほどは新米丁稚を監督する小番頭に「手際が悪い」と叱られ、やり直している時間の方が長かった。ひとつ用事が終われば「袋張りせぇ」と言われ、それが終わると「判押しせぇ」と言われる。日暮れになると掃除をして店を閉め、夕餉《ゆうげ》を食べて銭湯に行く。虫籠《むしこ》窓《まど》のある狭い丁稚部屋に河内《かわち》木綿のせんべい布団を敷き、手代の寝間も整えて、自分の布団に潜り込むと疲れですぐに眠りに落ちる。

それでも襟に店の名が入った厚司《あつし》と前垂、麻裏草履《あさうらぞうり》が徐々に身体に馴染《なじ》んでいくように、仕事に少しずつ慣れていくと、今度は使いへ出されるようになった。番頭の煙草を買いに行くのならまだしも、「高麗橋《こうらいばし》の成河屋《なりかわや》へ……」と言われるともう分からない。古参丁稚で面倒見のいいのに、一緒に曲がった釘《くぎ》を伸ばしながら、

――浜梶木《はまかじき》、今は浮世《うきよ》と高伏道《こうふしと》……

という通りの覚え歌を教えてもらった。ぶつぶつ歌いながら瓶を包装していると、「くるむ藁《わら》が多いやないか。こないに大きな包み、荷箱に全部入らへんで」と怒られた。

通りの名がそろそろ頭に入り、使いで迷うこともなくなったときには、奉公を始めてからひと月が経っていた。炊事場を通りかかると、女子衆たちが昼餉《ひるげ》の準備に忙し

なく動いている。そのうちのひとり、やや年かさの女子衆に呼び止められた。

「ちょうどええとこに……。嬢《いと》さんにな、弁当持って行ってくれへんか」

長吉は眉をひそめそうになるのを抑えながら答えた。

「もう他の丁稚《でっち》が持って行ったはずでっけど……」

「それがやな、弁当のおかずが気に入らん言うて、電話かけてきはったんや。ようあることや。頼むで」

弁当箱の包みを渡され、断りようもない。仕方なく通りに出ると、荷車の洪水をすり抜けすり抜け、尋常小学校の方に向かった。

(ぬくい飯とおかずがついて充分やろうとわしは思うんやけど、神経質なおひというんは、おかずにもケチつけるんやろうか)

と思いつつ、包みを斜めにしないよう気を付けながら学校に着くと、嬢さんが門のところに立っていた。不機嫌なのは一目で分かった。

「ぐずい！」

出し抜けにそう怒鳴ると、長吉の手から包みをひったくった。包みが嬢さんの手の中で傾く。

嬢さんはその場で包みを解《ほど》き、弁当箱の蓋《ふた》を開けると、眉根《まゆね》に寄っていた皺をさらに深くした。謝らなあかん、と思う間もなく、弁当箱が飛んできて厚司の胸の辺りに当たった。次いで温かい感触が伝わってくる。胸元を見ると、米粒と煮物の汁がべたりと厚司についていた。足の甲や地面に、ぶちまけられた弁当の中身が散らばっている。

「さっき持ってきたんとおんなしやないか、一品二品変えただけで……！　それになんや、おかずとご飯が寄っとるやないか。あんた、包みを斜めにして持ってきたんやろ」

おかずが変わっているかどうか長吉は分からないが、包みを傾けたのは嬢さんだ。しかしこれを言うとどういうことになるか知れず、そもそも嬢さんに口答えするなどはあり得ないことだった。

「……えろうすんまへん」

「すんまへん言うて許してもらう気ぃなんか。うちを馬鹿にして……！　もうええ、帰り！」

長吉の足が動かないうちに、ぱぁんという音とともに頬に痛みが走った。

「帰り、言うたら帰るんや！　丁稚のくせにぐずい、誰のおかげで食えとるて思うとるんや！」

自分より年下の少女に頬を打たれた驚きよりも嬢さんの癇癪《かんしゃく》への恐怖が勝り、長吉は踵《きびす》を返して走り出していた。その背中にも、

「あんたみたいな丁稚を雇うやなんて、磯室屋の恥やわ！　うちを馬鹿にして、うちを馬鹿にして……」

という叫び声が、学校から遠ざかるまでぶつけられていた。

磯室屋に帰るまでの道すがら、嬢さんに対する怒りがふつふつと湧いてきたが、怒りを何かにぶつけようにも小石を思い切り蹴《け》ることくらいしかできない。やがて店が近くなるにつれ、怒りに情けなさ、虚《むな》しさ、悔しさが水に墨を垂らすように混ざり、戻ったときにはそういった感情が渦を巻き、腹の底で暴れ回っていた。涙が込み上げてきていたが、泣ける場所などない。下雪隠にこもっても、いずれ誰か来るだろう。蔵の裏も同じことだ。いや、どこに隠れようとも、やることはまだ山のようにある。結局無駄になったとはいえ、嬢さんに弁当を渡しに行ったのはあくまで余分な仕事なのだ。

出かかっていた涙と洟《はな》を拭き、早足で通り庭を歩いていたとき、ふと横合いから名前を呼ばれた。

お家《え》さんがいつものように、中の間で背をやや丸めて座っていた。

「長吉」

再び呼んで手招きをする。式台の前に立ち、目が赤くなっていないだろうかと気にしながらどうにか答える。

「なんぞご用でっか」

お家さんは長吉の顔を見つめると、ゆっくりと言った。

「つらいなぁ、長吉」

炊事場でのやり取りと、厚司の汚れから事の次第が分かったのか、と悟る前に、お家さんの声の優しさに打たれて、長吉はしばらくその場に立ち尽くしていた。

目尻《めじり》に涙が溜《た》まり、無礼だと思う間もなく、長吉はお家さんの前に伏せて嗚咽《おえつ》を漏らした。お家さんは膝《ひざ》に手を載せたまま、「つらいなぁ」「つらいなぁ」と繰り返していた。

ようやく全ての涙が絞り出され、ふと顔を上げると、お家さんは目を細め、

「あんたはええ子や」

と言った。

これまでにも何度か、仕事の厳しさや忙しさに負け、べそをかきそうになったことがあった。優しい者は言葉をかけてきたが、その全てが「苦しいこともあるやろうけど、辛抱しぃや」というもので、「ええ子」と言ってくれるひとは、お家さんの他になかった。

再び涙が溢《あふ》れそうになったとき、聞き慣れた声が後ろから自分の名前を呼んだ。振り返ると、貞七が目を見開いて、まだ式台に両手をついたままの長吉と、お家さんを

見つめていた。

貞七は長吉の後ろ頭を無理やりに押さえて頭を下げさせ、自分も式台に手をついて頭《こうべ》を垂れた。

「すんまへん、長吉がえらい失礼をいたしやして。わしがよう言うて聞かせますよって、ここはわしに免じて……」

お家さんは貞七の詫《わ》びに小さく頷《うなず》き、ふたりに頭を上げさせた。

「きつう叱りなや。その子は磯室屋にとって、大事な子ぉやよって」

そう言い、微笑みを口元に残したまま長煙管《ながギセル》を手に取ると、煙草を吸い始めた。

貞七はお家さんの言葉の意味を取りかねていたようだったが、考えても分からないと思ったのだろう、長吉の手を引いて通り庭を抜け、商い蔵と衣装蔵の間に連れ出した。

何があったんや、と訊《き》きつつも、長吉の厚司の染みでおおよそのことは察していたのだろう。訳を話すと小さなため息をついた。

「他の丁稚も何人かやられた、て聞いたことがあるわ。わしは長いこと見とるさかいなんとのう分かるんやけど、嬢さんに苛《いじ》めとるつもりはないんやな。まぁ……癇癪《かんしゃく》持ちや」

気ぃ付けや、と言われても、この先弁当を持って行かされるのも、少女雑誌を買いに行かされるのも丁稚であり、嬢さんにはまた同じような目に遭わされるのだろう。暗澹《あんたん》としている長吉をよそに、貞七にはまだ話したいことがありそうだった。しばらく黙ると、

「お家さんから、ようそういう言葉かけてもらうんか。『ええ子や』、て」

と訊いた。その言い方に妙な翳《かげ》りがあることに不審を覚えつつ、頷く。貞七はまた考えて、周りを見渡し、誰もいないことを確かめてなお声を潜めた。

「お家さんには、あんまり近付かん方がええ」

「なんでや」

思わず故郷にいた頃のように答えると、貞七は軽く長吉の頭を小突いた。

「なんででっか、やろ。……丁稚の苦労はわしかて身に染みて知っとる。優しうされたらそら、気を許すのも道理やけどもな。お家さんにはな、よう分からん噂があるんや」

そこで言葉を切られて、腑《ふ》に落ちるはずがなかった。

「噂ってなんや……なんでっか。良うない噂でっか」

「はっきりとはわしも知らん。ただ、旦《だん》さん一家も古参の雇人《やといど》も、どことのうお家さんを避けとるとこがある。そやよって、手代や丁稚の間では、お家さんにはなんぞあるんやないか、て言われとるんや」

　貞七の言葉に嘘があるようには見えない。しかし長吉の胸には、あまりに深くお家さんの「ええ子」「大事な子」という言葉が刻まれて、「噂」の話を聞かされても、お家さんへの好意を拭《ぬぐ》い去ることができなかった。

　そのことが薄々分かったのだろう、貞七は厳しい顔つきで、

「お家さんはいくらおまはんに優しいいうても、旦さん一家のおひとやからな。気安うしたらあかんで」

　と噛《か》んで含めるように言った。


　それから二ヶ月が経ち、九月が近付いて、一家の者が更衣《ころもがえ》のため単衣《ひとえ》の準備を始めていた頃。

　この店の嬢《いと》さんが荷車に潰《つぶ》された、と斜《はす》向かいの店の丁稚《でっち》が磯室屋の店先に飛び込んで伝えてきた。

　店が面する道修町の通りは狭く、荷車が常に行き交い、「女子どもは通ったらあかん」とさえ言われていた。それでも丁稚たち雇人は表に出されるが、嬢さんやぼんぼんはなるべく表通りを歩かないよう、学校への行き帰りの道にも旦さん夫婦は気を遣っていた。

　それでも通りを歩いているときに何かあったのか、かねてから嬢さんが「馬の腹の

下を潜《くぐ》って遊んどる子ぉがおるけど、うちは荷車の下かて潜れるで」と虚勢を張っていたのを実際にやってしまったのかは分からない。

忙《せわ》しない通りの中、嬢さんが潰されたところを見た者は誰もいない。ただ荷を一杯に積んだ車を引いていたある店の雇人が、あまりの重さに思わず車に尻餅《しりもち》をつかせると、ぐちゃ、と妙な音がしたという。慌てて車の後ろに回ってみると、嬢さんが頭から腹にかけて、車の尻《しり》に左半身を潰されていた。

丁稚が車の後ろを押していれば、嬢さんに気付いて事なきを得ただろうが、運悪くその店の丁稚は全て別の仕事に駆り出されていた、どうしてのろい車の低い尻に嬢さんが潰されてしまったのかは、誰も見ていない以上知りようがない。そう警察が旦さんと御寮人《ごりょん》さん、お家さんに奥の間で話していたのを、女子衆《おなごし》か誰かが立ち聞きし、その話は瞬く間に雇人の皆に伝わった。

嬢さんの普段の振る舞いがああだったからか、「惨《むご》いことやで」という言葉は出たが、雇人の中に心から同情を寄せる者はいなかった。長吉といえば（亡《の》うなったおひと相手にそんなことは考えたらあかん）と思いはしたが、やはりどこか（もうひどい目ぇに遭わされんで済む）という気持ちは拭えなかったし、他の丁稚の中には、

「雇人にきつう当たった罰《ばち》やないか」

とこっそり言う者もあった。

とはいえ、旦さん夫婦にとってはいずれ婿を取らせ、家を支えさせるつもりだった娘であり、いくら手こずることはあったといえど大事に育ててきた子であった。布をかけられ、板戸に乗せて運ばれてきた嬢さんの遺体が仏間に安置された後、御寮人さんが血の滲《にじ》んだ布を取ったらしく、

「ああああああああああああああああああああああ」

という、獣のような叫び声が、仏間から離れたところで働く長吉たちの耳にも聞こえてきた。

通夜の前から、長吉も含め雇人は忙しく立ち働いた。女子衆は枕飯や線香を用意し、旦さんや御寮人さんの着る喪服を整え、丁稚は「順慶町《じゅんけいまち》に御寮人さんの妹さんがいやはるさかい、知らせに行っとくれ」「逆さ屛風《びょうぶ》を立てるよって、蔵から屛風出しとくれ」とあちこちに駆り出された。

慌ただしい準備のさなか、長吉はふと妙な会話を聞いた。

蔵に行こうとしていたとき、前栽にある樫《かし》の木の陰から、潜められた声が風に乗って耳に入ってきた。大番頭と、番頭のひとりらしい。

「……こんな災難がまた起こるやなんてな……」

「お嫁に行きはったお家《え》さんの……も……ひょっとしたら……」

長吉がいることに気付かれたのか、声がいっそう低められただけなのか、それきり

話は聞こえなくなった。引っかかるものはあったが、ぐずぐずしているといつ小番頭に怒鳴られるか分からない。長吉は言われた通り蔵に向かい、他の仕事にも追われているうちに、大番頭たちの会話のことはじきに忘れてしまった。

こんな日でも、いつも通り寝る前の点呼は行われ、長吉たちは狭い部屋でせんべい布団に潜り込んだ。疲れはあるはずなのだが、寝付けないのはどの丁稚も同じらしく、

「嬢さんの顔、どないなってんねやろな」

「荷車に潰されたんや、そら惨い様やろう」

とこそこそ話し合っていた。

その囁《ささや》き声を聞きながら、長吉は嬢さんの顔を見たのであろう御寮人さんの叫び声を思い出していた。一体どれほど酷《ひど》い有様を見れば、あのような悲鳴を上げられるのか。嬢さんはどんな姿になってしまったのか――そう考えているうちに疲れが勝ってきたのか、丁稚の話し声を横に、長吉は眠りに落ちた。

次に目覚めたとき、外はまだ暗く、話し込んでいた丁稚たちも寝息を立てていた。

不意に雪隠《せっちん》に行きたくなり、長吉は渋々布団から起き上がった。

下雪隠《しものせんち》は前栽の奥にあるから、一階へ下りなければならない。そして階段の近くには、嬢さんの遺体が安置されている仏間がある。

いくら旦さんたちが線香の火を絶やさぬよう仏間にいるとしても、気味悪さは拭え

ない。長吉は朝まで我慢して寝てしまおうかとも思った。しかし一度催してしまうとますます気になり、とても眠れそうにない。

そろりと畳を踏み、音を立てないように襖《ふすま》を開け、軋《きし》む階段を下りる。階段がいつもより急に思え、暗いこともあって、長吉は這《は》い下りるようにして一階に向かった。

仏間の襖はわずかに開いており、線香のにおいが漂ってきた。五燭《ごしょく》の電球の光が漏れ、暗闇の中で襖の縁と床だけが浮かび上がっている。

旦さん一家に気付かれぬよう足音を殺して床を歩き、通り庭を通って下雪隠で用を足す。前栽を照らすのは月と星の光ばかりで、風が樫の葉を揺らすたびに、長吉はびくりとした。

嬢さんの霊が木の陰に、柱の向こう側に、廊下の奥に、立っているような気がしてならなかった。顔も身体も潰された嬢さんが。

──嬢さんの顔、どないなってんねやろな。

──荷車に潰されたんや、そら惨い様やろう。

丁稚の会話。御寮人さんの家中に響き渡るほどの叫び。それらがしきりに頭をかすめ、早く布団に潜り込みたい一心で主屋に戻る。もう少しで階段だと気を奮い立たせようとしたとき、

「……で、……ってくれ……った……」

仏間の中から声がした。

旦《だん》さんや御寮人さん、お家さんやぼんぼんの声ではない。かすかな、ほんのかすかな、微風に吹かれる葉ずれほどの声。幼い女の子の出す、やや甲高い響き。

——これは、嬢さんの声やないやろうか。

嬢さんの口振りは、生前、癇癪《かんしゃく》をぶつけてくるときの叫び方、何かを命令するときの不遜《ふそん》な言い方とは違っていた。何かひどく重たく、鋭く、ゆっくりと胸に抉《えぐ》り込んでくるような、
憎悪。

何者かを責め立てる、ひどく暗い憎悪。

それが確かに、仏間からの声に込められていた。聞けば誰かが取り乱すだろうに、そんな様子は少しもない。訳が分からないままに、ただ早くこの場を離れたかった。恐れに突き動かされて、長吉は固まりかけた足を必死で動かし、階段を這い上がった。六段目に手をついたところで、長吉は再び、

「な……、言っ……かった……や……」

暗い、呪うような声を聞いた。

忌が明け、磯室屋が店を開き始めた頃、いくつか変化があった。

御寮人さんとお家さんが疎遠になった。以前も仲が良かったとはいえないが、御寮人さんも家を支える身なのだから、雇人《やといど》への目配り、出入りの商人とのやり取り、そういったことを見て習い、お家さんも御寮人さんに仕事の勘所を教えることがあった。それが、ぱったりとやんだ。

旦さんも、前々から実の母親であるお家さんに対してどこかよそよそしい素振りがあったのが、嬢《いと》さんの死以来、話しかけることすら稀《まれ》になった。

「別にお家さんが嬢さんを殺した訳でなし」と、若い手代や丁稚《でっち》は首をひねったが、大番頭も、番頭たちも、何か知っているようでありながら、仔細《しさい》を話すことはなかった。

息子夫婦に避けられるようになって居心地が悪くなったのだろう、お家さんは中の間での采配《さいはい》を御寮人さんに任せることが多くなった。ほとんど隠居になったといってもいい。そしてそういう立場になった「お家さん」は、寺に参拝するものだと相場が決まっていた。

「長吉な、これからお家さんが寺に参りはる日は迎えに行き」

大番頭は長吉に告げると、懐手をして目を逸《そ》らし、

「おまはんは気に入られとるそうやさかいな」

それが理由の全てだと言わんばかりに話を切り上げ、仕事に戻るよう命じた。

嬢さんが死ぬ前も、お家さんは時々寺参りに行くことがあったが、迎えに行く丁稚はその日その日で違っていた。毎回自分が、というのに不審がない訳でもなかったが、長吉にとっては喜ばしい仕事であった。

お家さんは自分を「ええ子」と言ってくれるのだから。

大番頭に命じられたその日から、長吉は昼餉《ひるげ》をかきこむなり北御堂《きたみどう》にお家さんを迎えに行くようになった。お家さんは二、三日ごとに、ときには続けて北御堂に参り、勤行が終わると弁当を食べ、御堂の前庭で同じような立場のお家さんととりとめのない話をする。迎えに来た長吉に気が付くと、

「ほんなら、あんさん、こないだみたいにおしめりが続きやすとじわじわと寒ごあすし、お草臥《くたび》れの出やへんように……」

そう言って他家のお家さんに別れの挨拶《あいさつ》をする。その横顔は、中の間にいたときと比べ、どこか晴れやかで若々しく見えた。

お家さんと歩調を合わせながら道修町に帰るのはゆったりとした時間であったし、時折余ったおやつをくれるので、長吉はお家さんを迎えに行くのをいつしか日々の楽しみにしていた。

たまに、お家さんは長吉に、妙なことを言った。

いつものように迎えに行き、境内から出ようというとき、お家《え》さんはふと振り返り、生い茂る木の群れをさして、

「今に狸が通るで」

と口に出した。その言葉が終わるかどうかというちに、確かに狸がさっと、木々の間から飛び出して、境内を横切っていくのが見えた。別の日には持参していた米の余りを出し、長吉に渡して、「そこに撒《ま》いてみぃ。白い鳩が来るよってな」と言う。長吉がその通りにすると、見慣れた色の鳩に交じって、白い鳩が一羽舞い降り、米をしきりについばむこともあった。

長吉ははじめ、お家さんにとっては何度も来た寺なのだから、狸のことも白い鳩が近くにいることも、分かっているからだと思っていた。

どうやらそうではない、と気付いたのは、迎えの仕事を任されてからひと月ほどが経ち、長吉がお家さんと親しい者たちの顔も身の回りの事情も、すっかり覚えたある日のことだった。

備後町《びんごまち》に住んでいるというお家さんと別れの挨拶をし、相手が門を潜《くぐ》っても、お家さんはその背中からしばらく目を離さなかった。急《せ》かす訳にもいかず、長吉がじっと待っていると、お家さんはふと瞼《まぶた》を閉じ、

「南無阿弥陀仏《なんまんだぶ》、南無阿弥陀仏……」

と経を唱え始めた。

唱え終えると、長吉の眼差《まなざ》しに気付いているのかいないのか、顔を上げてつぶやいた。

「ええおひとやよって、極楽浄土で阿弥陀《あみだ》さんとお会いでけることやろうなぁ」

長吉には、お家さんの言っていることが分からなかった。先ほど帰っていったお家さんはまだ黒髪が半ば以上残るほど若く、背筋も伸びており、どこかが悪いという愚痴も聞いたことがなかったからだ。

しかし次の日から、備後町のお家さんは、寺に姿を現わさなくなった。家に帰ってから突然倒れ、医者が来る前に息を引き取ったのだと、しばらくして噂に聞いた。

ああ、と長吉はどこか、全てが腑《ふ》に落ちた気がした。

お家さんは、これから起こることが分かるのだと。

一度気付くと、色々なことに合点がいった。元から旦さん一家や古参の雇人たちがお家さんをどこか遠ざけていたのも、お家さんの力を知って、あるいは勘づいていて、畏《おそ》れていたのではないだろうか。嬢さんが死んだ後、旦さんと御寮人《ごりょん》さんがお家さんから離れたのは、嬢さんが荷車に潰《つぶ》されることを知っていながら、それを警告しなかったのを恨んでいるからではないだろうか。

そうと分かっても、長吉はお家さんを避けようとはしなかった。お家さんが寺の前庭で、帰り道で言ってくれる「ええ子や」という言葉も、長吉の手に載せてくれるおやつの甘さも、長吉にとっては本物だった。先のことが見通せるからといって、何を怖がることがあるだろうか。

考えているうちに、お家さんの心の内がなんとはなしに読めてきた。嬢さんがもしあのまま生きていたら、いずれ婿養子を迎えて御寮人さんとなったことだろう。家の隅々まで気を配り、雇人の世話をする役目を、あの癇癪《かんしゃく》持ちの嬢さんが満足に務められるはずがない。きっと家を潰してしまっていただろう。

お家さんは、家のためにあえて嬢さんを見殺しにしたのではないか。

であれば、自分が「ええ子や」と言われるのにも、孫のように、いや実の孫より親切にされるのにも、訳があるに違いない。

自分は、将来店を支える者になるのだろう。ぼんぼんが店を継いだとしても、あの引っ込み思案な息子に商才があるとは思えない。大番頭に出世し、旦さんとなったぼんぼんを支えるか、ひょっとしたら養子に迎えられて、ぼんぼんの代わりに店を継ぐのかもしれない。いずれかは分からないが、お家さんにはそれが見えている。

長吉はいっそう、仕事に精を出すようになった。袋であれ瓶であれ、包装を丁稚の中で誰よりも早く、上手《うま》くこなした。薬研《やげん》で薬草を刻み、雨の翌日となれば言われずとも下駄《げた》の泥を洗い、荷車を押す仕事があれば額に汗をかいて手が痺《しび》れるほど懸命に押した。女子衆《おなごし》の間で評判が良くなり、昼に出される具沢山の味噌汁《みそしる》に出汁《だし》じゃこも多く入れてくれるようになった。

この店に身を捧《ささ》げ、骨を埋《うず》めよう。そう長吉は密《ひそ》かに心に決めた。


晩秋の雨が絹糸のように細く降る、夕方のことだった。

袋張りと判押しが終わり、ふとお家さんの様子が気になって、長吉は小番頭や他の雇人の目を掻《か》い潜《くぐ》って家の奥に足を向けた。お家さんは雨で足が痛むと言って、寺参りには行かず、朝から家にいたはずだ。足が痛くて歩きにくいのなら、何か長吉が代わりに足せる用があるかもしれない。

廊下を歩いている途中で、長吉はためらった。お家さんの寝間は離れにあるが、日中は隠居部屋にいるのがいつものことだった。そして隠居部屋は仏間も兼ねている。仏壇のある部屋、長吉がかつて嬢さんの声を聞いた、あの場所だ。お家さんは隠居暮らしになれば仏壇を守るものとはいえ、窓もない部屋で、お家さんは何を思っているのか。

やはり心配になり、数歩進んだところで、隠居部屋——仏間から、声が聞こえてきた。

「……で、……ってくれ……った……」

総毛立って、長吉は足を止めた。聞き覚えがある声、聞き覚えのある言葉。あの日とまったく同じ、嬢さんの声。

首を振り、長吉はまた歩み始めた。あまりに強く覚えているものだから、空耳となってよみがえったに違いない。隠居部屋の襖《ふすま》はすぐそこにある。あの日と同じに、襖が少しばかり開いている。

足音を殺し、襖の開いた隙間から、そっと覗《のぞ》き込む。五燭《ごしょく》の電球が、お家さんの背中をぼんやりと照らしている。その顔はやや俯《うつむ》き、左を——襖に隠れて見えないところを、向いているようだった。

誰かの声を、聞いている。そんな風に見える。

さらに一歩、廊下を踏む。お家さんの他に、もうひとりいる。

赤い袖《そで》。いや、乳白色の地に手鞠《てまり》柄の、その袖が、赤く染まっている。肩上げをされた、幼い子どもが纏《まと》う着物。

鞠の模様も、肩上げをされた袖にも、見覚えがある。

何を見ることになるのか、長吉は分かっていながら、さらに襖の奥を覗き込むのを止めることができなかった。

お家さんの前に、嬢《いと》さんが立っていた。

左の頭の骨が砕け、顔の形が歪《ゆが》み、潰れた眼球が眼窩《がんか》の中で血に染まっている。口からぼたり、ぼたりと血が垂れる。薄紅色と黄色の手鞠柄が、赤に侵食されていく。車の尻《しり》に押し潰され、腹の皮を破って出てきた臓物が、草履を履いた小さな足の間にだらりと垂れている。

「なんで」

嬢さんが一言喋《しゃべ》るたびに、唇の間から泡の混じった血が溢《あふ》れ出る。

「なんで、言うてくれへんかったんや」

お家さんは俯いたまま、動きも、答えもしない。

「なんで、言うてくれへんかったんや」

赤黒い口の中でぶらりぶらりと、歯がかろうじて垂れ下がっている。

「なんで……」

五燭の電球がばちりと音を出し、一瞬消えた。

接触が悪かったにしても、あんな音は聞いたことがない。長吉が思わず瞬《まばた》きをし、目を開けたときには電球はついていた。

嬢さんの姿は、どこにもなかった。

長吉は震える足を廊下に摺《す》って引き返した。仏間の襖が見えなくなった途端、腰が抜け、這《は》うようにして店の方へ向かう。ちょうど使いから帰ってきた丁稚《でっち》が長吉を見

付け、

「どないしたんや、青い顔して。腹でも下したんか」

そう訊《き》いてきたが、長吉は口を利くことさえできなかった。

迷い道を行きつ戻りつするような日々が始まった。一心に店を隅々まで磨きあげ、瓶や袋の包装をし、釘《くぎ》を打っている間は、嬢さんの幻影は頭から消え去っていた。しかし寺へお家《え》さんを迎えに行く仕事はまだ続いているし、お家さんの顔を見れば思い出さない訳にはいかない。あのときのことを訊こうとしても、どうしても声が喉《のど》の奥で詰まる。使いに出ているときも、嬢さんと同じ年頃の少女が歩いているのを見ると、着物の赤い花模様が血のように思えてくらりとしたことさえある。

寺参りの帰り、お家さんの後ろを歩きながら、ふと考える。お家さんは確かに、嬢さんの声を聞いていた。嬢さんの姿を見ていた。やや俯いてはいたが、嬢さんの方を向いて座っていたのだから。

お家さんは嬢さんの幽霊を前に、何を思っていたのか。自分が見殺しにした人間の霊に責められて。

長吉にその様を見られたことを知っているのかは分からない。ただお家さんは変わらず事あるごとに、

「長吉はええ子やな」

と繰り返し、繰り返し言っては、脂《やに》で黄色くなった歯を見せるのだった。

「大事な子ぉや」

暦の上では冬が去るというのに寒が長引き、長吉は時季には遅い風邪を引いた。御《ご》寮人《りょん》さんから薬をもらった翌日、納屋に掃除の道具をしまって通り庭を歩いていると、家の中から妙な声がした。

この寒いのに、誰か部屋の戸を開け放しにしているのか。訝《いぶか》って聞いていると、どうも言っていることもおかしかった。

「その足袋《たび》はどういうことでっか」

足袋がどうしたというのか。長吉は気を引かれて、少しだけ、と自分に言い聞かせて立ち止まった。

「色もんの足袋を履くんは町人や、うちは士族でっせ、実家に言うて白足袋揃えとくなはれ」

険のある声に、ますます長吉は分からなくなった。どこの部屋からかよく分からず、姿は見えないが、四十過ぎ、というところだろうか。御寮人さんでも、ましてやお家さんでもない。誰が誰の足袋の色を咎《とが》めているというのか。この家が士族というのも聞いたことがない。

そして長吉にはまだ引っかかることがあった。声そのものが薄く、響きが鈍い。肉を持った人間の喉から出る声ではない。

――幽霊《ゆうれん》やないやろうか。

まさか、と思いながら、長吉は振り払うことができなかった。秋の暮れ。車に潰《つぶ》された嬢さんが、仏間でお家さんを責めるのを、長吉は目にしている。

指が震え始めたとき、弱々しい、若い女の声がした。

「すんまへん。すぐ取りに来させますよって」

それきり、いくら耳を澄ませても、声は聞こえてこなかった。

思い出したように女子衆たちが食事の支度をする音が耳に入ってきた。長吉は炊事場に通じる戸を開けて、土間で働く女子衆たちに声をかけた。

「今、誰か話してはりましたやろか」

包丁を持ったまま、女子衆が眉《まゆ》をひそめて振り返る。

「喋っとるに決まっとるやろ。お香々《こうこ》切ったやの粥がでけたやの言わな分からへんやないの」

「そういうことやのうて……足袋の色がどうの……」

台所を取り仕切《せわ》っている女子衆が不機嫌そうに返した。

「こない忙しないときに誰が足袋の話なんかするかいな。あんたもやることがたんとあるんやろ。小番頭に言いつけるで」

追い立てられるようにその場から立ち去り、長吉は首を傾げた。あの女子衆《おなごし》たちは、食事の用意に追われて聞こえなかっただけなのか。それとも、ほんとうに自分にしか聞こえなかったのか。

その答えが出ないまま数日を経て、長吉は再び女たちの声を耳にした。

二階で硯《すずり》の水を入れ替えようとしていたとき、隣の部屋、御寮人さんの寝間からまた女の声がした。ただ、前に聞いた四十がらみの女ではない。もっと若い、二十前の女のようだった。

「あんさん、えらいええべべ揃えはったな。そやけど、その柄はうちには派手なんと違《ちゃ》いますやろか。いかにも町人好みでみっともない、うちは士族の出やというのを忘れてもろたらあかん。あんさんの衣装入れからわてがよったげましたさかい、それ着とくなはれ」

居丈高に言い放たれた声に、前にも聞いた弱々しい、か細い声が答える。

「わての衣装入れを勝手に……」

「何を言うてますのや。うちに嫁入りした以上、あんさんの身代《しんしょ》なんてあらしまへん。みなうちのもんですよってな。それともなんでっか、わてが難儀《なぎ》して選んだのを、反故《ほご》にしようということでっか。有り難く思うてもろてええとこを、そんな目で見られる筋合いはござへん」

嫌な汗が背を伝う。御寮人さんはもう身支度を終えて一階にいた。寝間にいるはずがない。そしてやはり、どちらの女の声も、御寮人さんのものではない。

嬢《いと》さんの幽霊以外にも、この家には何かがいる。

御寮人さんの部屋を見ることはできなかった。朝の仕事の忙しさに紛らわせ、今聞いたことを忘れようとした。

仕事が一段落つき、朝餉《あさげ》をかきこんでいるとき、ふとお家さんの姿が目に入った。

この家では雇人《やといど》は板の間に腰かけて食べるが、旦《だん》さん一家は一段高い畳敷の間で食事を摂る。お家さんはいつもと変わらず、年の割に丈夫な歯で漬物を噛《か》んでいる。

お家さんは、何か知っているだろうか。

ちょうどその日は出荷がなく、荷造りの仕事がなかった。他の雑用の合間を縫って、下雪隠《しものせんち》に行くふりをし、仏間へと足を運んだ。

そっと声をかけて襖《ふすま》を開けると、お家さんは振り向き、「長吉か。来ると思うてたで」と低い声で言った。

どこか口調がいつもと違うのが気にかかったが、家で聞いた女の声のことを話す。

自分が馬鹿げたことを言っているのではないか、どこかおかしくなったのではないか、と思いながら、それでも全て吐き出した。

お家さんは長吉の言葉を、長煙管《ながギセル》で煙草を吸いながらじっと聞いていた。話し終わってもお家さんが答えないので、長吉は不安になってきた。思わず口に出す。

「わしの聞いたのは、幽霊の声やないかと……」

お家さんは潰れた嬢さんの幽霊を見ていた。それならば、長吉の聞いた声もそうだと認めるのではないか。長吉はどちらが恐ろしいのか分からなかった。この家に幽霊がいるのか、それとも嬢さんの姿も女たちの声も、自分がおかしくなって見聞きしたものなのか。

お家さんは煙草を吸い終えると、長煙管を置いた。

「古い暖簾《のうれん》も持たへん家に、なんで幽霊が出るかいな」

声の静けさはそのままに、しかし底にはふつふつとした泥を秘めている。長吉は口を開きかけたままお家さんを見ていたが、それきりお家さんは何を言うでもなく、じっと座っているだけだった。

いたたまれなくなり、頭を下げて仏間を辞す。早足で戻りながら、自分の胸が嫌な鼓動を打っていることに気付いた。女たちの声が何なのか分からないばかりか、お家さんに突き放すような言い方をされるとは。

お家さんの気に障ったのだろうか、とも思うが、どう謝ればいいのか。慣れきったはずの仕事も手につかず、荷車の車輪に油を差そうとして加減《ほどらい》を間違え、「油がもったいないやないか」と叱られた。

翌日の寺参りの迎えも、気が重くなるのは初めてのことだった。お家《え》さんはお家さんで、長吉に腹を立てている風でもないが、さりとていつものようにおやつをくれたり、優しく話しかけてきたりする訳でもない。ただ春ののどかな境内を夢遊病者のようにふらりふらりと歩いては、立ち止まってほの白い青空をぼんやり眺めている。背の低い後ろ姿を見ているうち、長吉はお家さんが何か遠い思い出に引っ張られているように感じた。

家に帰り、仏間にぽつりと座して裾《すそ》を整えているお家さんを目にしながら襖を閉じると、長吉は仕事に追われているふりをしながら、貞七の姿を探した。店の方を覗《のぞ》くと、ちょうど貞七が得意先を回って帰ってきたところだった。蔵へと足を向けるその袖《そで》を捉《とら》える。

「なんや、この忙しないときに……」

言いかけた貞七は弟の顔がいつになく沈んでいるのを見て、ひとりで中の間の方に歩いていった。じき戻ってくると、

「御寮人さんにはおまはんが腹を下したて言うておいた。しばらく寝かせときて言われたさかい、二階で話そか」

そう言って長吉を連れ、階段を上った。狭い丁稚《でっち》部屋に入って襖を閉じ、向かい合って座るよう長吉に促す。

「なんぞ気にかかることでもあるんか」

早く話せ、と目が訴えている。長吉はどもりながらも、女たちの声や、それを打ち明けられたときのお家さんの態度のことを話した。嬢さんの幽霊のことは、口に出そうとすると喉《のど》が詰まるようで、ついに告げられなかった。

長吉が話し終えると、貞七は畳の目を見ながらしばらく考え込んでいたが、やがてふと長吉に向き直った。

「磯室屋は今で三代目いうのは知っとるな。もとは五代続く店から別家させてもろたんや。そんで、二代目に本家から嫁いで来はったんが今のお家さんいうことになる」

この家が別家だということも、お家さんが本家から嫁いで来たことも長吉は知らなかった。貞七が言葉を切り、口ごもる。

「これは先代のときから長いこと店にいやはる大番頭はんから聞いたことやさかい、嘘やないとは思うんやが」続けた声は、誰が聞いている訳でもないのに低められていた。「別家に本家から嫁が来たいうて、大事にされる訳やあらへん。別家の初代ももとは本家の雇人や、嫉妬《へんねし》起こされて姑《しゅうとめ》、小姑《こじゅうと》からえらい苛《いじ》められたらしいで。しかも始末の悪いことに、姑のほうが士族の出でな。士農工商の上と下やいうて、朝から晩までこき使われて、着るもんから何から口出されたいうんや」

貞七は長吉の顔をまじまじと見た。

「こんな話、丁稚が知るはずがあらへんのや。雇人を取り仕切っとったお家さんが苛められとったやなんて、示しがつかへんさかいな。それが何で長吉、その目で見たように知っとるんや」

「見ぃはしまへんけど、この耳で聞きましてん」長吉はむきになって言った。「確かに、女の人の声が……」

「そやけど、そんな声、わしは聞いたことあらへん。他の雇人が聞いたら噂になるやろうし……」

貞七も、弟の話に困惑しているようだった。しかし兄としてというよりも、手代としての顔を作って、貞七は言い聞かせた。

「ええか長吉、その声が何なんかわしには分からへん。そやけど、間違《まちご》うても他のもんに言うたらあかんで。お家さんの昔のことやと分かって、家中に知れ渡ってみぃ。恥をかくのはお家さんや。そうやのうても、家の中で妙な声がするやなんて、薄気味悪いやろ」

薄気味悪い思いをしているのは自分だ、と言い返したかったが、長吉は口に出せなかった。兄弟といっても、手代と丁稚の立場の違いが、一年の奉公の中で身に染みついている。「へえ」と答えるのが精一杯だった。

女の声は聞こえ続けた。

長吉がひとりになるときに限って、炊事場から、前栽に面する廊下から、ときには御寮人《ごりょん》さんが座っているはずの中の間を通り過ぎた、その背後からふと耳に入ってきた。

「あんさん、お香々《こうこ》を切る厚さは三分《さんぶ》と決まってますねや。そない厚う切って、見場が悪いし、もったいないやございまへんか」

「すんまへん、粗相をいたしやして……」

「柱は光るほど磨かなあきまへん。上女中のおきねはんに言われへんかったんでっか。拭《ふ》き掃除《そうじ》を疎《おろそ》かにするやなんて、嬢さん育ちはかないまへんな」

「すんまへん、気をつけます」

「朝から今まで三回もおはばかりに行ってはるやないか。更衣《ころもがえ》が近いんやで。わての袷《あわせ》を縫い上げるまでに間ぁがあらへんてなんべん言うたら分かるんでっか。腹下しのふりして怠けようやなんて浅ましいこっちゃ」

「えろうすんまへん、すんまへん……」

三人いるらしい女は、貞七の言葉と、会話の中身からして姑、小姑、嫁――今のお家さん――だと見当はついた。しかし誰のものだと分かったところで、姿のない声に違いはない。ひとりでいるのを避けようとしても、仕事を命じられればそこに行かなければならず、どうしてもひとりになるときはある。そして通り庭や廊下を駆けて通っても、やはり声は聞こえてくる。

お家さんの言ったことが頭にこびりつく。

――古い暖簾も持たへん家に、なんで幽霊《ゆうれん》が出るかいな。

疲れ果てた身体を布団に横たえ、低い天井を見つめながら考える。姑は死んではいるだろう。小姑は知らないが、お家さんは確かにこの家で生きている。幽霊ではない、とはそういうことなのか。

昼はどこから聞こえてくるか分からない声に足を震えさせ、夜は答えの出ない問いを眠るまで繰り返す。朝に布団をあげ、厚司に着替えているときに、丁稚のひとりが顔を覗き込んできた。

「近頃どないしたんや、なんや言いつけられるとびくつくし……。それに痩《や》せこけてきたんと違うか。前は朝、茶《ちゃ》漬け三杯はかきこんどったやろ」

飯は何杯でもおかわりを許されているというのに、ここ数週間一杯以上食べた覚えがない。腹は鳴っても、いざ箱膳《はこぜん》を取り出す段になると食べる気がしなくなる。御寮人さんに言って医者に診てもらおか、と案じられたものの、長吉は力なく首を横に振るしかなかった。

年上とはいえ、同じ忙しい身の丁稚に心を配られるとは。長吉の頭に、情けなさが重たいへどろのように覆い被《かぶ》さった。

その朝は無理に茶漬けを二杯食べ、箱膳に飯茶碗《めしぢゃわん》、手塩皿、箸《はし》を収めて蓋《ふた》をし、「おおきに御馳走《ごっつぉ》さん」と声を張り上げた。旦《だん》さんにおかわりの飯をよそったばかりの女子衆《おなごし》が、しゃもじを持ったまま目を見開いてこちらを見るほどだった。

気が弱っているからあのような声を聞くのだ。飯を食べ、女の声が耳に入らないほど働けばいい。初めて声を聞いたときも、風邪を引いた次の日だからどこか気が沈んでいたに違いない。

長吉はまた仕事に打ち込み始めた。瓶を包む藁《わら》の加減は手が覚えている。豆腐が足りないと炊事場から声がかかればすぐ買いに行って、寄り道もせずに戻ってくる。朝に心配してきた丁稚には、「えらい気張っとるやないか。そない働かれるとこっちが怠けとるて思われるさかい、ほどほどにしときや」と、ふたり並んでぼろ切れで真鍮《しんちゅう》磨きをしているときに言われた。

長吉の真鍮磨きが終わったところで、二十そこそこの女子衆がひとり、慌てた様子で駆けてきた。

「手が空いたんか。物干しにかけとった洗濯物が屋根に落ちてしもたんやがな……ちょっと上って取ってき」

「へえ、行て参じまっさ」

すぐさま返事をすると、長吉は二階に上っていった。板の廊下を渡り、戸を開けて数段上がったところに木組みの物干し台がある。見渡してみると、物干し台から八尺ほど離れた屋根瓦《やねがわら》に、湿った手拭《てぬぐ》いがぺとりと貼り付いていた。

格子の柵を乗り越え、瓦の上で這《は》いつくばるようにしてそろそろと手拭いに近付く。精一杯手を伸ばし、やっとのことで手拭いを摑《つか》むと、首にかけて這いながら物干し台に戻っていった。

また格子を跨《また》ぎ、手拭いを首から外す。瓦屋根に貼り付いていた手拭いには道から舞い上がってきた土埃《つちぼこり》がついており、とてもそのまま干せそうにない。

ひとまず持って帰ろか、と戸を開け、二階へ向かおうとしたとき、はたと足が止まった。

御寮人さんの寝間に誰かがいる。

まさか、と思う間もなく、若い女の声が耳に入った。薄く、朧気《おぼろげ》でいて、確かに響いてくる。

「式三献《しきさんこん》の盃事《さかずきごと》は濱縮緬白無垢《はまちりめんしろむく》、親子杯は濱縮緬赤無垢、宴の席では黒綸子地《くろりんずじ》蓬萊《ほうらい》模様打掛」

節をつけて歌うように。誰かにわざと聞かせるように。

「鼈甲平打簪《べっこうひらうちかんざし》、銀蒔絵《ぎんまきえ》櫛《くし》、袱紗《ふくさ》は綴錦《つづれにしき》、綸子地、友禅塩瀬《ゆうぜんしおぜ》」

　これをじっと耐えて聞いている誰かがいる。長吉には分かる。

　若い女の声が続ける。

「あんさんがここに来はったとき、いくらかかったんかなぁ……わては知りまへんけどなぁ……あんさんが蒔絵の櫛なんて挿してはるとこ、わて見たことございやへんなぁ」

「櫛や簪はいつの間にかひとつふたつのうなって」細い声が答える。「小用を足しに行ったとき、おはばかりの中にきらと光るもんがあるんを見たことが」

「ひとがめでたい話しとるときに、おはばかりの話なんていやらしいことせんといてくれんか」

　ぴしゃりと遮ぎって、若い女はまた含み笑いを持たせた声で続けた。

「わての嫁ぎ先、どこか聞いてはりまっか。聞いてはらへん。いつまで経っても鈍《どん》なことやで。丼池《どぶいけ》の繊維問屋やがな。この景気でも五つ蔵を持ってはるのや。磯室屋とは比べもんにならん大きいお店《たな》や。あんさんはなぁ、この二つ蔵の家を守っとくなはれ。経帷子《きょうかたびら》着させられて、茶毘《だび》に付されるまで守っとくなはれな」

　笑い声とともに襖《ふすま》が開く音がしたが、長吉の目の前にある襖は少しも開かない。ただぼやけた、霞《かすみ》のようなものが襖をすり抜けて廊下に出、すぅと消えていった。うなじの毛がぞわぞわと立っている。湿った手拭いを握りしめたまま、長吉はそこを動くことができなかった。

まだ襖の向こうに、か細い声の女がいる。

若い頃のお家《え》さんが。

「あんさんが嫁ぎはる、その家なぁ……」

ぽつりと。

「火がいきまっせぇ……」

言葉を零《こぼ》すようにつぶやく。

それきり、御寮人さんの部屋からは何も感じなくなった。

目を見開いたまま、長吉は御寮人さんの部屋の襖を呆然《ぼうぜん》と眺めていた。そしてあの若いお家さんが何を言ったのか呑《の》み込んだ途端、冷や水を頭から被《かぶ》ったようにがたがたと震えだした。

洗濯物が飛んだと言ってきた女子衆が、長吉の戻りが遅いのに痺《しび》れを切らして二階に上ってきても、長吉はまだその場で震えていた。

昼餉《ひるげ》を終えた後、寺にお家さんを迎えに行くのが、どことなく恐ろしいような気がした。北御堂が見えてくると、止まりこそしないものの歩調を緩めさえした。しかし境内に入って、他家のお家さんと話し込んでいるところにおずおずと寄ると、お家さんは目尻《めじり》を下げて笑ってくる。

長吉は胸に不可思議な感触を抱えたまま、お家さんについて御堂筋《みどうすじ》を歩いた。あの不吉な予言をした若くか細い女の声と、紺の袷《あわせ》をきっちり着ているお家さんの姿がどうもかみ合わない。通りに立ち並ぶ薪炭屋《しんたんや》、下駄屋《げたや》、宿屋の瓦屋根が四月の温《ぬく》い陽を受けてほこほこと光り、戸を開け放しにした理髪店の中からは店主と客の話し声が聞こえてくる。この眠くなるような春の日の光景にさえ、長吉には何か自分の心にそぐわないものを覚えた。

今日聞いたことをお家さんに話そうかとも思ったが、前の素っ気ない返事が頭によみがえってきて舌が動かない。もう一度不興を買えば、「ええ子や」とは言ってくれなくなるのではないだろうか。兄ですら言わない言葉をくれる、唯一の者の手を自ら離してしまうのは、長吉にはどうしてもできなかった。

あれこれ考えているうちに家に着き、「長吉、ええとこ帰ってきた。薬草を刻む手が足りんのや。一緒にやっとくれ」と同い年ほどの丁稚《でっち》に言われて初めて、なぜだかやっと息ができた気がした。

あらゆる雑用に追われ、店を閉めていつものようにせんべい布団に横たわる。このときになって長吉は忘れていたことがふっとよみがえり、布団の中で目をつぶるのも恐ろしくなってしまった。

いくら寝付きが悪かろうと、五時に丁稚は起きる。長吉は無心で朝の仕事をし、冷や飯の茶漬けを三杯かきこみ、漬物を噛《か》んだ。今日は出荷の荷物を運送屋が取りに来るから、包装の仕事もある。長吉は忙しい出荷の日を喜ぶようになっていた。袋や瓶の包装は人手がかかり、周りに誰かしら働いている者がいる。そういうときには声は聞こえない。

昼餉の味噌《みそ》汁《しる》を二杯おかわりし、「おおきに御馳走さん」と箱膳《はこぜん》を片付けてお家さんを寺に迎えに行こうとしたとき、大番頭が声をかけてきた。

「長吉、今日お家さんは出かけてはらへんからな、お迎えはええで」

小さな声を上げてとっさに畳の間を見る。お家さんの姿はない。

長吉の問いを先回りするように大番頭が言った。

「朝餉《あさげ》の後からどうも具合が良うないて言わはって、ずっと隠居部屋にいやはる。そやけど、おまはん、遊んどる間ぁはあらへんさかいな」

へえ、と答えるが、するつもりだった仕事がなくなると気の抜けた心持ちになる。具合が悪いといっても、医者を乗せた人力車が来た気配もなかったから、それほどのことではないのか。

郵便局に使いに行っている間も、味噌を擂《す》る手伝いをしている間も、お家さんのことが頭にちらついて離れなかった。辛抱強そうなお家さんのことだ、もしかしたら医者を断っているだけかもしれない。

炊事場での手伝いが終わると、長吉はこっそり仏間に向かった。休んでいるだけならそれでも良い、一目確かめられればそれで充分だった。

日の光が届かない廊下は暗く、春とは思えない薄ら寒ささえ感じた。悪いと思いながらも、仏間の襖に手をかける。滑りの良い襖を掌《てのひら》の幅ほど開き、中を覗《のぞ》き込んだ。

お家さんはこちらに背を向けて座っていた。五燭《ごしょく》の電球が灯《とも》り、大きな仏壇とお家さんの姿をぼんやりと浮かび上がらせている。

仏間にいたのは、お家さんだけではなかった。

ひとりは嬢《いと》さんだ。低い背丈。肩上げをされた手鞠《てまり》柄の着物。赤い地、いや、血に濡《ぬ》れた袖《そで》から、青白い手がぶらりと垂れ下がる。

もうひとり。子どもの横に立つ女。いや、女なのかどうか、長吉には一瞬判別がつかなかった。顔と身体が赤く焼け爛《ただ》れ、引き攣《つ》れた頭皮が露《あら》わになっている。左目の瞼《まぶた》が腫《は》れ、かろうじて開いている右目は確かにお家さんを捉《とら》えている。茄子紺《なすこん》の絹物が焦げて肩に、胸に、腕に貼り付いてまだらとなり、焼けた裾《すそ》からは炭の色をした足が覗いていた。

「なんで——」

女が火で膨れた口を開く。

「言わんかったんや」

「なんで――」

身体の潰《つぶ》れた子どもが言う。

「言うてくれへんかったんや」

お家さんは答えない。ただ背を丸め、座っている。

「なんで、言わんかったんや」

赤く盛り上がった痕《あと》のあるこめかみが震える。

「なんで、言うてくれへんかったんや」

抜けかかっていた小さな歯が、口の中から零れ落ちる。

「なんで、言わんかったんや」

腫れた瞼の隙間から、焼けて潰れた目が見える。

「なんで、言うてくれへんかったんや」

細い足の間に垂れていた腸《はらわた》が六寸ばかりずるりと落ち、蛇のようにとぐろを巻く。

「なんで、言わんかったんや」

「なんで、言うてくれへんかったんや」

怨嗟《えんさ》の声が薄暗い仏間に幾重にも渦巻き、お家さんを取り囲み、苛《さいな》み、責める。潰れた子どもと焼けた女が、ただひたすらに同じことを繰り返す。なんで。なんで。なんで。言わんかったんや。言うてくれへんかったんや。なんで。なんで——

音とともに、子と女の声が消える。自分が床に膝《ひざ》をついてしまったのだと長吉が気付くまでに、少しかかった。仏間を見てみると、お家さんが変わらず座っているばかりだ。

お家さんはゆっくり振り向くと、「長吉やな」と言った。いつも通りの口調だった。長吉が何か答える前に、「入り」と座布団の上で向きを変える。凍った節々を動かし、そろりと中に入る。

「今のは……」畳に正座し、お家さんと向かい合うと、長吉はまだ底冷えが胸に潜んでいるような心持ちで切り出した。「嬢さんと……お家さんの義理の……」

「義理の妹や。この家に生まれて、他家《よそ》へ嫁いでいった」

——あんさんが嫁ぎはる、その家なぁ……火がいきまっせぇ……

幻の声が頭の中によみがえる。何も言えないでいると、お家さんはふと宙を見て息をついた。

「わては、この家から憎まれるようにでけとるんやな」

色も味もないお家さんの声音からは、その心が汲《く》み取れない。お家さんはしかし、長吉に目を戻すと弱々しく微笑んでみせた。

「そやけど、あんたは違《ちゃ》う。あんたは大事な子ぉやさかいな」

その一件以来、長吉はふたりの霊を見ていない。お家《え》さんを寺まで迎えに行き、帰ってくるときも、お家さんは隠居部屋の手前で長吉を他の仕事に戻す。長吉の方でも、用事を言いつけられない限り隠居部屋には行かなかったし、行っても嬢さんとあの小《こ》姑《じゅうと》の霊は見なかった。

ただ、女たちの声は聞こえ続けている。

中の間、炊事場、御寮人《ごりょん》さんの部屋。忘れた頃を狙ったように、姑《しゅうとめ》と小姑が若いお家さんのやることなすことに口出しし、厭味《いやみ》を言うのが長吉の耳に入った。

小姑の焼け爛れた姿を見たというのに、女たちの声には時間の流れというものがないのか、お家さんを責める者は姑ひとりにならなかった。不意を突く声に慣れようと思っても慣れるものではない。貞七に相談しても、前と同じことを言われるのは分かりきっていた。

夢の中でお家さんを姑と小姑が苛むのを聞いて、声を上げながら飛び起きたこともある。古参丁稚に叱られてせんべい布団に潜り込むが、そういうときは決まって五時になるまでまんじりともできなかった。

朝は茶漬けを三杯かきこみ、昼には味噌汁を二杯おかわりしているというのに、なぜだか痩《や》せた、と言われるようになった。道に撒《ま》く井戸水を汲《く》むと、桶《おけ》の水面に、頬がこけて目のぎょろついた子どもの顔が映った。

長吉はしかし、医者に診てもらおかと御寮人さんに言われても丁重に断った。給金は親へ前渡しされている。三食食べさせてもらい、衣服を支給され、寝るところもあてがわれているのに、どうしてこれ以上磯室屋に金をかけさせられるだろうか。

それに、お家さんの言葉がある。ええ子や。大事な子ぉや。

先の見えるお家さんがそう言う。これ以上の保証があるだろうか。将来店を支える者が、働けなくなるほど身体を壊すはずがない。

細くなった腕や足を懸命に動かしながら、長吉は他の丁稚《でっち》の誰よりも働き続けた。お家さんは家に憎まれながらも、身を粉にして暖簾《のれん》を守ってきた。長吉が予言を違《たが》えるのは、お家さんを裏切るのと同じことだ。

雑事に追い立てられるうちに、日々は飛ぶように過ぎ去っていく。更衣《ころもがえ》の六月一日になり、家の者が袷《あわせ》をしまい込んで単衣《ひとえ》を着る。雨がちになり、店の掃除をしていると黒光りする柱や床が時折軋《きし》む音を立てる。雨の季節が過ぎ、額から汗を流しながら荷車で商品を運ぶ。冷たい風が通りの土埃《つちぼこり》を舞い上げる時季になり、正月には旦《だん》さんの年賀回りにお供し、昼の粕汁《かすじる》で温まり、そうしてまた寒さが緩み、旦さん一家は新しい袷を仕立て始め――

長吉が磯室屋に来て二年が経ち、盛夏を迎えたときには、その評判は大番頭の耳にも届くほどになっていた。流れる汗を手拭《てぬぐ》いで拭《ふ》きながら、

「ほんに、よう勉強しとる。そや、丁稚奉公いうもんはただ働きと違う。働けば働くほど、商売の勘所を押さえて、将来金儲《かねもう》けがでけるよってな。この店で学んで、おまはんが一人前の商売人になったらな、ひとも使える立場になる。それを忘れんようにな」

と言い、厚い唇に笑みを浮かべた。

貞七も「嫉妬《へんねし》起こされんようにな」とからかいながら、弟の評判が誇らしいようであり、しかし頬のこけた長吉の顔を見るたびに、不安げに眉《まゆ》をひそめていた。

働きぶりが認められてか、長吉はちょっとした用なら、大事な得意先にも使いに出されることが多くなった。その中でも何かとうるさいことで知られる店への用を任され、長吉は貞七に言い含められた注意ごとを口の中で繰り返し繰り返し、その店に向かった。

勝手口で磯室屋の長吉だと告げると、応対した手代は一旦《いったん》奥へ引っ込んでからすぐ戻ってきて、

「用ならわしが聞くよってに」

とかすれた声で言い、ひとつふたつ咳《せき》をした。誰が来たかは使い先のお家さんに伝えられるものの、丁稚は奥へ招かれることもないと知っている。伝言を告げ、磯室屋にとって返した。

使いから帰ったその日のうちに、長吉は袋張りをしながら、何度か咳をした。前に風邪を引いたときと似ている。このくらいなら、と騙《だま》し騙し働いているうちに、咳は止まらなくなり、暖簾を外して打ち水をしている間に煮炊きの匂いが漂ってきても、食べる気が起こらない。番菜と飯を前にしてもやはり同じだったが、無駄にしてはならないと無理やり喉《のど》の奥に押し込んだ。

布団に入る頃には、身体が重くだるく、頭が熱を持ち始めていた。

こんな夜更けに家の者を騒がせる訳にはいかない。明日になれば良くなると眠りについたが、翌朝になっても熱が下がらず、それどころか寝ているだけで天井が回るようだ。

五時になり、古参丁稚が「早《はよ》う起きんかい」と顔を覗《のぞ》き込んだ途端、これはただ事ではないと悟ったようだった。長吉は痩せた頬を赤くして、震えながら、しきりに咳とくしゃみを繰り返していた。

御寮人さんは看護婦を呼んだが、次の日には別の丁稚がふたりと女子衆《おなごし》がひとり、やはり咳をして寝込んだ。長吉たち病人は男女別に狭い部屋に移されたが、それでも看護婦から、番頭や手代にも風邪が広がっているらしいと聞いた。貞七のことが気にかかったが、看護婦がこの店の雇人《やといど》の名前など覚えているはずもなく、訊《き》く気力も長吉には残されていない。

長吉は三日目に肺炎を起こした。喉に痰《たん》が絡んで息苦しく、指一本動かすのもままならなくなった。他の丁稚もひとり肺炎になり、御寮人さんは医者を呼んだ。

その御寮人さんも風邪を引き、旦さん、ついには大事に病人から離されていたはずのぼんぼんにも感染していった。ただそのことを誰から聞いたのか、長吉には分からない。看護婦にも伝染したのか替わったようだが、ひとの姿形も、どこからどこまでが壁で天井なのかも、長吉には曖昧《あいまい》になっていた。ひどい咳が出ていたのがその力もなくなり、ただ浅く弱い呼吸を繰り返すばかりだ。

何日経ったのか、昼と夜の区別もつかないままに、家の様子だけが耳に飛び込んでくる。女子衆のひとりが死んだと聞いた。旦さんと御寮人さんも肺炎になり、危ないらしいと聞いた。

誰かが風邪を引いた、誰かが肺炎にかかった、誰かが感染を恐れて郷里に帰った。旦さんと御寮人さんが命を落としたと伝える声がしたが、ふたりの死を聞いたのは同じ日だったかもしれず、数日おいてのことかもしれない。元が虚弱であったぼんぼんも長くはないだろうと。

ただ長吉は熱とままならない呼吸に苦しみ、そういう報《しら》せを聞きながらも狭く暗い部屋の中で不思議に生き長らえていた。

五燭《ごしょく》の電球も灯《とも》されていない部屋で、いつ眠ったのか、いつ起きているのかさえ分からない。全てが朦朧《もうろう》としている中、あるとき長吉は、確かな気配が自分の枕元に座っているのをふと感じた。

薄物を着、少し背を丸めた、身体の小さい、

「お家さん」

そう口に出したつもりだったが、ひび割れた唇が動くだけだった。

お家さんは長吉に微笑みかけた。暗い部屋の中でなぜ笑ったと知れたのか、それすら長吉には曖昧だった。

「長吉はええ子やなぁ」

いつも通りの声だったか。痰の絡んだ、浅い呼吸から生み出される声だったたか。

「ええ子や。わての思うた通りの……ええ子……」

ああ。長吉の意識が一瞬だけ明瞭になる。

「ええ子」と言うのは、長吉がゆくゆく磯室屋を支える者になるからではなく。

お家さんを憎み、苛《さいな》んできた家を潰《つぶ》す、その病を長吉が持ち込んでくると、お家さんは分かっていたからなのか。

「お家《え》さん」

動かそうとした唇の皮が裂け、血が小さな球を作る。

「なんで」

熱を持った手を伸ばそうとしても、動かない。

「言うてくれへんかった……」

身体がずぶりと重くなる。息が細くなっていく。周りが黒く染まりゆく。

全てが輪郭を失いつつある中、脂《やに》で黄色くなった歯を見せ、笑うお家さんの顔だけがはっきりと、長吉の目に映った。

大正七年から十年にかけて、日本だけで三十八万人以上の命を奪った流行性感冒の、流行《はや》り始めの夏だった。

背筋

窓から出すヮ

Web小説サイト「カクヨム」に投稿した『近畿地方のある場所について』が話題を呼び、2023年同作の書籍版でデビュー。近刊に『穢れた聖地巡礼について』、『口に関するアンケート』（ポプラ社）など。

怪談とは得てして不謹慎なものだ。人の生死を娯楽として消費しているからだ。だが、はるか昔から怪談が多くの人に愛されていることが証明しているように、恐怖からしか得られない暗い快楽があることもまた事実だ。

たとえば、「五秒後に目の前に幽霊が現れます」。そう言われたら、あなたはどうするだろうか。多くの人は逃げ出すと答えるだろう。

では、それがスマホの中だとしたらどうだろう。画面には、廃墟《はいきよ》を探索する配信者。表示されるのは、「このあと、女の顔が映りこむ！」というテロップ。この場合、停止ボタンを押す人は少ないだろう。この違いは一体なんなのか。それは、他人事《ひとごと》だからにほかならない。

自分とは関係のない虚構の世界で、関係のない人が巻き込まれる恐怖を二次的に享受し、背徳的な快楽を得る。あるいは現実世界の立ち位置を今一度見つめ直し、安心する。まるで、安全圏から窓を通して別世界を覗《のぞ》くように。

フィクションの世界とは違い、私達の住む現実世界はどこまでも理不尽だ。身の回りで起きる様々な嫌なこと。それに理由がないことも珍しくない。それなのに、私達はその理不尽さに対して正しさを求めたがる。ネットに溢《あふ》れる誹謗《ひぼう》中傷のコメントを目にしたとき、隣の部署の同僚が自殺したことを聞いたとき、通りすがりの老人に怒鳴りつけられたとき、こう考えてしまう。きっと、なにか理由があるのだろうと。物事の結果には原因があって、そしてそれが自分の理解できるものでないと、世界のあり様として正しくない。そんな風に考えてしまう。

しかし、果たして本当にそうなのだろうか。それらは私達が聞けば思わず涙を流してしまうような、深い悩みがあった末の行動なのか。もしかしたら、なんとなく死んでほしくて、なんとなく生きるのが嫌になって、なんとなくイライラしていたから。そんな「なんとなく」以上の理由などないのかもしれない。

それに薄々気づいているからこそ、人は怪談という理不尽さをはらんだ話に魅力を感じるのだろう。たとえそれがフィクションであろうとも、自分より理不尽な目に遭う人を見て、今生きているこの世界を少しでもマシだと思いたい。そう考えてしまうのではないのだろうか。

※※※※

ピ、ピ、ピ、ピ、ピ、ピ、ピ、ピ、ピ。
断続的に小さな電子音が鳴り続けている。思わず舌打ちをする。私はタイピングの手を止め、椅子から立ち上がった。

壁に設置された、エントランスのオートロックを解除するための玄関モニター。画面は暗い。だが、その下に表示されたデジタル時計の数字は点滅しながらめちゃくちゃな時刻を示している。「93：28」、「19：61」、私が見ている前でめまぐるしく数字が切り替わっていく。電子音を鳴り響かせながら。

ここ数日、何度そうしてきただろう。「解除」「応答」と印字されたボタンの横のカバーを開き、「時刻設定」のボタンを押す。ピ、と短く電子音が鳴るが、音は鳴り続けている。開いたカバーの裏に貼られたシールに書かれている「時刻設定をリセットするには、ボタンを長押ししてください」の指示通り、指に力を込めて押し込む。苛《いら》立《だ》ちをこめて体重をかけるが、それでも電子音は鳴り続ける。思わずこぶしを握りしめ本体を叩《たた》くと、不意に音が止まった。ソファの上で寝そべっていた飼い猫のリクがこちらを一瞥《いちべつ》し、また目を閉じる。

梅雨による湿度のせいだろうか。最近ずっとこの調子だ。おかげで仕事に支障が出ている。ようやく少しは筆がのってきたのに、その勢いも削《そ》がれてしまった。PCの前に立ち戻り、ウェブカレンダーを開く。遠くない日付にいくつかの短編やコラムの締切を示す赤いマーク。

編集者との打ち合わせが近い短編は全く書けていない。いっそ、これをネタにしてしまおうか。音にまつわる怪談。だが、玄関モニターが鳴るだけの怪異はややパンチに欠ける気がする。どうせなら、私の前にも現れてくれないだろうか。今の私なら怖がるどころか、それに会えたことを喜ぶだろう。一番怖いのは締切が迫っているこの現状なのだから。

ふと、以前知り合いに聞いた話を思い出す。音にまつわる怪談だ。迷っている時間はない。話の終着点を決めないまま、キーボードを叩きはじめる。

※※※※

『幽霊が寄ってくる音』

モスキート音というものをご存知だろうか。それは、蚊が飛ぶような超高音域の音の通称だ。

一般的に、人間が聞き取れる音の周波数は20 Hz《ヘルツ》から20 kHz《キロヘルツ》といわれている。その可聴域は年齢とともに衰え、五十代では、12 kHz程度にまで低下する。ゆえに

17 kHzほどの高音域であるモスキート音は、若者ほど聞こえやすい音なのだ。だが、その高音域の音を聞き続けることは不快感を伴う。それを利用して、深夜のコンビニエンスストアなど、若者がたむろしやすい場所でモスキート音を流すことで、寄せ付けなくするための機器が出回っている。

「耳年齢チェックってあるじゃないですか。色んな高さの音が流れて、聞き取れるかテストするやつ。私、あれやったら四十代とか出ちゃうんですよね」

そう語るAさんは、まだ二十代後半の女性。都内で会社員をしている。かねてより夢だった猫を最近飼い始めたことから、休日は愛猫と遊ぶことに多くの時間を費やしているそうだ。

「すごくかわいいんです。まだ一歳のロシアンブルーなんですよ。でも、メスの子ってけっこう自立心が強いみたいで」

Aさんが向ける愛情とは裏腹に、猫のほうは気まぐれなようだ。目の前でおもちゃを振っても、気分が乗らないときはそっぽを向くし、夜にベッドで隣に寝てくれるかどうかも、その日によってまちまちだった。

「もっと甘えてくれてもいいのにって。ちょっと寂しかったんです」

ある晩のことだった。Aさんは電気を消した部屋の中、ベッドでスマホを見ていた。SNSに投稿されたショート動画を延々と見続けてしまい、気づけば時刻は深夜の一時を過ぎていた。明日も仕事だ。そろそろ寝ないと。そう思い、アプリを閉じて目をつむる。

その晩も隣に猫はいなかった。大方、キャットタワーの上でくつろいでいるのだろう。だが、Aさんは急にそれがいつにも増して寂しくなった。名前を呼ぶが、当然来てくれるわけもない。何度か寝返りを打ったあと、先ほどベッドサイドに置いたスマホに再び手を伸ばした。

「検索したんです。『猫』『寄ってくれない』って。自分でもなにやってるんだろうって感じでしたけど」

検索結果一覧に表示された多くの記事。目を通すが、特に参考になりそうなものはなかった。だが何度かスクロールを繰り返したとき、それを見つけた。

「『猫が寄ってくる音』って書いてある動画でした」

迷わず再生ボタンを押す。画面には愛らしい子猫が映っており、しきりに鳴き声を上げていた。

「びっくりしました。十秒もしないうちに寄ってきたんです」

鳴き声に母性本能をくすぐられたのかもしれない。猫はなにかを探すようにベッドの上をウロウロと歩き回っていた。Aさんが動画を停止すると、落ち着いたように寝そべる。その日は朝までAさんの隣で寝ていた。

「本当は良くないと思ってたんです。だって、どういう効果があるのかもわからないじゃないですか。もしかしたら、不安にさせてるかもしれないし。でも、どうしても一緒に寝たいときは、たまに使っちゃうようになったんです」

誘惑に負けたとき、Aさんはスマホで「猫が寄ってくる音」と検索をした。そのたびに猫は寄ってきた。

そんなことを繰り返していたあるとき、Aさんはおかしな動画を見つけたそうだ。

「その日も検索しちゃいました。でも、誤タップしちゃったみたいで、「猫」と入力しようとしたのに、「こ」になっちゃってたんです」

「こが寄ってくる音」。その検索結果一覧の先頭に、その動画はあった。

「これはなんだろうと思って、再生してみました。十秒ぐらいの動画でしたけど、ずっと画面は真っ暗で。音も聞こえませんでした」

試しに音量を最大まで上げたところ、異常が起きた。

「シャー」という声が聞こえる。それは、Aさんの部屋の中、猫が発していた。飼いはじめてからほとんど聞いたことのない、威嚇の声だった。

「すぐに動画を止めました。あんなに怒ること、滅多にないですから」

不気味に思ったAさんは、その動画のURLを地元の友人であるBさんにLINEで送ったのだという。

Aさんから差し出されたスマホには、LINEのやり取りが残されていた。
『これ聞いたらうちの猫が急に怒り出したんだけど』
『えー怖い系？』
『わかんないけど　なんにも見えないし聞こえないんだよね』
『ひゃーなにそれ』
『再生してみて』
『絶対やだ』
『お願いー！』
『聞こえんじゃん』
『うそだ』
『聞こえる』
『やめてこわいから』
『普通に聞こえるよ』
『なにが聞こえるの？』
『待って』
『え？　なに』
『Aは見えなかったんだよね？』

『なにが？』

『動画の映像』

『うん』

『見えてきたんだけど』

『は？』

『子どもっぽいのが遠くからこっちにくる』

『どういうこと？』

そんなやり取りを読んでいると、Aさんが言った。

「そのあとです」

スクロールするが、Aさんの質問に対する回答はない。代わりに、スタンプが送られてきていた。熊のキャラクターがハートを抱きしめたスタンプ。横には『うれしい』と手書き風の文字で添えられている。そのあとにも、同じスタンプ。そのあとにも。

いくらスクロールしてもスタンプは終わらない。その合間にAさんから通話を試みたと思われる電話マークや『どうしたの？』『ねえ』『マジでやめて』といったメッセージが混じりはじめる。

「全然こっちのメッセージには反応してくれなくて。ずっとスタンプだけ送ってくるんです。すごい勢いで何度も何度も」

『やめてよ』と書かれたAさんのメッセージを最後に、スタンプは終わっていた。その下には何日かおきにAさんが送った『電話ちょうだい』『心配してます』といったメッセージが並んでいる。

「一週間ぐらい、ずっと既読がつかなかったんです。ブロックされたのか、なにかあったのか、本当に心配してました」

その友人は行方不明になってしまったのか。そう問うと、Aさんは首を振った。

「今でもたまに届くんです。Bからスタンプが。思い出したみたいに。こっちから連絡しても全然反応ないのに」

続けて、遠い目をして話した。

「私があんなリンク送っちゃったせいで、スマホの画面を通してあっち側を覗《のぞ》いちゃったんですかね。単に打ち間違えただけですけど、『こが寄ってくる音』って、『子どもが寄ってくる音』ともとれますから。子どもに見えるなにかが来ちゃったのかなって。あっち側から」

※※※

目の奥に鈍痛を感じながら、首を回す。

「こんなのでいいのかな」

リクに語りかける。だが、ソファの上で寝そべったまま、しっぽを少し振っただけだった。天井を見上げ、思考を巡らせる。短編集の方向性を決めるたたき台ぐらいにはなるだろうか。

ふと背後が怖くなる。今、玄関モニターから電子音が聞こえはじめたら。怖いのは怪異ではない。それによって思考が妨げられることが怖いのだ。

デスクの横の窓に目をやる。マンションの五階から見える深夜三時の街は静かだ。きっと、普通の人は寝ているのだろう。遠くから救急車のサイレンの音が響いている。よかった。そう思ってしまう。この世界のなかで自分がひとりではないような気がして。

「やっぱり、このBさんが死んでたほうが面白いんですかね」

アイスティーを運んできた店員がギョッとした顔をする。慌てて私は声を潜める。

「怪談のオチとして」

編集者の田島《たじま》が困ったような顔でそれに応《こた》える。

「いえ、私が言ったのはそういう意味ではなくて……」

新宿《しんじゆく》東口にほど近い喫茶店は、平日でもほとんどの席が埋まっている。向こうのテーブルでは、スーツ姿の男性が書類を広げながら、老齢の女性になにかを熱心に説明している。保険の勧誘だろうか。

「瀬野《せの》さんはこれから先、どういうものを書かれていきたいですか？」

その口調は柔らかくはあったが、言葉がまるで質量をもったように私に重くのしかかる。田島が銀縁眼鏡の奥から私をまっすぐ見据えている。

「どういうもの……ですか」

「はい。方向性といいますか」

新卒のとき、就職活動の面接で数度受けた「あなたのキャリアビジョンを教えてください」という質問を思い出す。全ての人間が自己実現に向かって正しくこの先の人生を歩む。それがまるで人のあるべき姿かのような問いかけ。私はなんと答えただろう。もう思い出せないが、恐らく「社会貢献」など、適当なことを話したのだろう。そんな取って付けたような正しい答えの末路が今なのだとしたら、皮肉なものだ。

田島の目線から逃げるようにアイスティーのグラスに手を伸ばし、ストローを意味もなく回す。氷がグラスにぶつかるカラカラという音が、かえってその場を気まずくさせているような気がする。

「瀬野さんには、次回の短編集では物語を書いていただきたいと思っています」

田島が言い含めるように続ける。提案してくれたのは、田島なりの優しさなのかもしれない。

「この『幽霊が寄ってくる音』の話は、どこから着想を得られたんですか？」

「これはですね、もう何年も前に知り合いから聞いた話を脚色して書きました」

「そうですよね」

「わかりますか？」

「はい、もちろん。だからこそと言いますか、物語としては弱い気がして」

「それは……そうですね。ほとんど実話ですから」

「私は、実話に近ければ近いほど、物語としては正しくないと考えています」

「それはどういう意味でしょうか？」

田島が不意に私の背後に飾ってある絵を指差す。その名画のレプリカは私も見たことがあった。パブロ・ピカソによって描かれた『泣く女』だ。特徴的な色遣いと太い線で抽象化された、涙を流す女性の絵。

「実は、ピカソはデッサンもすごく上手なんですよ」

「そうなんですか？　学生の頃に美術で習ったのは、全部あんな感じのものだったので知りませんでした」

「確かに、『ゲルニカ』に代表されるように、抽象的な作風が特徴の画家ではありますね。キュビズムという、対象を多面的に見たときの複数の要素をひとつの絵に落としこむ手法です」

「……はあ」

「ピカソはキュビズムの生みの親の一人ですが、彼がそれを生み出したとき、多くの批判があったと言います」

「理解されなかったとか？」

「文化の違いですね。当時のヨーロッパでは対象を緻密《ちみつ》に描き込む写実的な絵が一般的だったんです。写真のような絵。窓から見た風景のような絵ですね。そこにきて、ピカソのような真っ向から対立する絵が出てきた」

「なるほど。それは受け入れられないでしょうね」

「これは私の解釈になりますが、ピカソは絵に物語性を与えた人物だと思っています」

「と、言いますと」

「もちろん写実的な絵も、どこにカメラのピントを合わせるかという意味では作家性が出ますが、ピカソはピントを合わせた対象を自分で分解して、解釈を加えて絵に落としこんだ。物語も、そういうものなんじゃないでしょうか」

「物語……」

「実際にあった怖い話をそのまま書けば、それは実話怪談になります。絵画でいうところの写実派でしょうか。ただ私は、瀬野さんがそのできごとをご自身の視点で再解釈した物語を読みたいです」

もう一度振り返り、『泣く女』の絵を見つめる。私は、この絵の良さを正しく理解できているのだろうか。私と違って田島は、この絵を前情報なしに見たとしても、同じような感想が口から出てくるのだろうか。

喫茶店を出る前に、以前から気になっていた質問を田島にぶつける。

「あの……田島さんは、今の出版社には新卒で入られてるんですか？」

「ああ。そうですね。もう二十年近くになります」

「その頃からずっと編集を？」

「はい。部署の異動はありましたけど、編集一本ですね」

「えっと……楽しいですか？」

「もちろん。こうやって面白い本を作って読者に届けるのが、ずっと夢でしたから」

笑顔の田島が言い終わるのを待っていたように、溶けかけた氷がグラスの中でカランと音を立てた。

JRの中央線《ちゅうおう》は、通勤通学の時間帯でなくても乗客が多い。私は吊革《つりかわ》につかまりながら、先ほど田島から言われた言葉を反芻《はんすう》していた。ふと、前に座る中年の女性が訝《いぶか》しげに顔を上げる。どこも見ていなかった目線の先に女性の顔があったことに気づき、慌ててスマホを取り出し目を落とす。さして興味もないウェブニュース欄。「札幌市《さっぽろし》無差別通り魔事件　被疑者男性は元引きこもり」という見出しが目に入る。元引きこもりは通り魔になるとでも言いたいのだろうか。瞬間的に不快感を覚えるが、どこか安心している自分にも気づく。

「一番怖い話っていうのはね。理由がわからないことなんですよ」

以前観覧した怪談イベントで、有名な怪談師がそう言っていた。

「こういう怖い幽霊に遭いました。調べてみると過去にはその土地にこんな因縁があって……っていう怪談は、そりゃあお話としての完成度は高いですよ。でも、理由なんてわからない、特になんの原因もなく人が死ぬ場所。そんなお話のほうが怖いでしょう」

怪談師は続けた。

「私が話すのは実話怪談です。だから、こういった怪談イベントで本当に怖い話ができないのは残念でもあります。なぜかというと、そういう話はヤマもオチもないから」

たとえばね。そう前置きして話したのは、ある幼稚園の話。

その幼稚園では、なぜか園児がよくわからない言葉を覚えるのだという。外国語とも違う、大人には理解できない意味不明な言葉をいつの間にか園児同士で話している。発育上よくないからと止めても、話すのをやめない。

それを心配していたところ、園児の親から問い合わせが相次ぐ。子どもが幼稚園で描いた絵を自宅で見ていたところ、奇妙な図形のようなものが描かれているのに気がついたというのだ。その問い合わせを受けた先生がお絵描きの時間、園児の様子を観察したところ、皆一様にその図形を絵のなかに描いていたという。

「怖いけど、全然わからないでしょ？」

そう言って、怪談師は笑っていた。

思い出しながら考える。私が書きたいのは、真実味のある怖い話なのか、物語としての怖い話なのか、どちらなのだろう。

「そういえばさ、昨日めっちゃ怖い夢みたんだけど」

「えー、どんなの？」

「夢のなかで私、殺されたの。実際に起こりそうで不安なんだけど」

「あー、それ、運命の出会いがある知らせだって。夢占い的に」

「まじで？　最高じゃん」

隣に立つ若い女性たちの会話がなぜか耳に残った。

家に帰り着き、ＰＣのディスプレイにワードファイルを展開する。以前、文芸誌からの寄稿依頼で書いたものだ。完成させたはいいものの、その文芸誌のカラーに合っていない気がして結局送ることはなかった。せっかくなら短編集に掲載したかったが、田島に言わせれば、これも物語としては正しくないものなのだろう。

今日は玄関モニターから音が聞こえない。喜ぶべきことのはずだが、いざ聞こえないと、それはそれで気になる。

時刻は午後五時。友人との約束まであと二時間あまり。憂鬱《ゆううつ》な気持ちのまま出向きたくはなかったが、当日のキャンセルなどできようはずもない。前作の出版祝いを兼ねて久しぶりに会うため、自宅に招待してくれた友人の心遣いを考えるとなおさらだ。ため息をつきながら表示された文字列を目で追う。

※※※※

『一つ目小僧』

人生で一番怖かった本はなにか。そう問われたとき、私の答えは決まっている。だが、その書名を胸を張って言えないでもいる。なぜなら私はその本を読んだことがないからだ。

私の母は読書好きだ。読むのはもっぱらミステリ小説やホラー小説。実家の母専用の本棚には、そういったジャンルの本がいくつも並んでいる。必然的に背表紙に並ぶ文字は「殺」や「怪」などといった穏やかではないものが多い。元来、誰に教えられたわけでもないのにそういった類《たぐい》のものが大好きだった幼い私は、その本棚を怖いもの見たさでよく開けていたものだ。

とはいえ、その頃の私の年齢は七歳やそこら。大人向けの本格的な小説を読むほどの教養はなく、本棚から一冊を適当に選んではおどろおどろしい表紙を眺めて、怖がり、喜んでいた。

母は幼い私のそんな楽しみをこころよく思っていなかった。夜にそれを思い出し、ひとりでトイレにいけなくなるからだ。そうでなくても、小学校低学年の我が子がそういった本の表紙を毎日眺めていたら、普通の親なら心配するだろう。母は、私に本棚の閲覧を禁止した。

見るなと言われてしまうとより一層見たくなるのがホラー好きの性《さが》だろう。私は母の目を盗んで本棚を物色するようになった。それに気づいた母が、観音扉になった本棚の取っ手を蝶々《ちようちよう》結びにした紐《ひも》で封じてしまった。その頃、私がまだ蝶々結びを習得していないことを見越して、疑似的に鍵《かぎ》をかけたのだ。だが、そんなことでくじける私ではない。兄から蝶々結びの仕方を教わり、その楽しみを密《ひそ》かに続けることに成功した。今思えば、その情熱はいったいどこからくるのかと首を傾げたくなる。だが恐らく、その頃の私にとってそれは、背徳感と楽しみ、そして恐怖がないまぜになった、手軽な肝試しだったのだと思う。

しかしいくら読書好きとはいえ、母の蔵書には限りがある。一通り表紙を見終わり、二周目、三周目とそれを繰り返すと、自分のなかでいわゆる選抜メンバーができあがる。

ハードカバーの『黒い家』や、『火車』の装画は、幽霊といったものこそ描かれていないものの、絵から漂う不穏さがたまらなく怖かったし、『十角館の殺人』の装画を見て、これはきっとお化け屋敷のお話に違いないと思っていた。そんな選抜メンバーのなかでも、日が高いうちにしか手に取れない、とっておきがあった。

実在する小説ゆえ書名は出さないが、本格ミステリとだけ書いておく。その装画があまりにも恐ろしかったのだ。並べられた文庫よりも少しだけ背の高いその本に手を伸ばすのはとても勇気がいった。いざ手に取っても、薄目で一瞬だけ見てすぐに戻していたのを覚えている。だが、いつだったか、私はその本を開いてみたのだ。どこからそんな勇気が湧いたのかはわからない。そしてなぜ、読みもしないのに開いたのかも覚えていない。

その本には、フルカラーの写真が載った口絵があった。それを今でも鮮明に記憶している。

森か林、地面には落ち葉が積もっている。日の光を木々の葉が遮っており薄暗い。そんな写真。そしてその中心には、男の子が立っている。正確には、走っている。こちらへ走ってくる男の子に向かってシャッターを切ったような構図だ。服装は白と黒のボーダーの半袖《はんそで》シャツに、ベージュのひざ丈の半ズボン。白いソックスと黒いスニーカー。髪型はスポーツ刈りだ。そして、その男の子の顔には目が一つしかない。大きな目が、顔の中央にある以外、口も鼻も眉毛《まゆげ》もついていない。そんな奇妙で恐ろしい口絵だった。

私はそれを見て、迂闊《うかつ》な行動を悔やんだ。そして、すぐに本を閉じた。

だが次の日、私はまた件《くだん》の本を開いて口絵を眺めていた。怖くて仕方がないのに、強烈にその写真に惹《ひ》きつけられていた。それからしばらく本棚を開くたび、真っ先にその本を手に取るようになっていた。

「あんた、お母さんの本棚また開けたでしょ」

そんなことを続けていると度々、母に叱られるようになった。事実、私はしょっちゅう本棚を覗《のぞ》いていたので叱られて当然ではあるが、問題はそれがばれた理由だった。結び目がほどけているというのだ。だが母には、実は私が蝶々結びができるということを知られるわけにはいかなかったため、運の悪い偶然を甘んじて受け入れるしかなかった。兄は私と違って読書とは無縁のサッカー少年だったし、父も自身の本棚を持っている。誰が結び目をほどいたのか。誰にも言えないまま、自分のなかで厭《いや》な妄想が膨らんでいった。だから、私は本棚から遠ざかった。しかし、その妄想は夢のなかで現れた。

私は布団のなか、尿意を必死に我慢している。トイレには絶対に行きたくない。だが、それもすぐに限界に達する。たまらずトイレの前に走り、ドアを開けると、そこに、一つ目の男の子が立っている。蝶々結びで扉を閉じていた、あの紐を持って。そして、私は紐で首を絞められる。いつもそこで目が覚める。

私が母にその本のことを白状するのに、時間はかからなかった。

「本当、なにやってんのよ。結び方が下手だっただけでしょ」

呆《あき》れた顔でそう言う母に、私は本から男の子が出てきてしまったと本気で訴えた。

「そんなことばっかりしてるから、お化けが出てきたんだろう」

僧侶《そうりょ》である父も、そんなことを言いながら笑っていた。しかし、真剣に聞いてくれない両親に私は苛立《いらだ》った。私の剣幕に戸惑いながらも、まだどこか真剣ではない様子で母親が本棚を開く。そして、件の本の表紙をめくった。一気に表情が険しくなる。

「あんたこれ見たの？　いい加減にしなさいよ。だから怖くなるんでしょ」

父も、顔をしかめていた。

「確かに、これは子どもが見るもんじゃないな」

高校生になった私は読書に夢中になった。読むのはもちろん、ホラー小説。少ない小遣いをやりくりして本屋に通った。それだけでは飽き足らず、母の本棚も漁《あさ》った。今度は表紙を見るためではない。そのときには母もそれを止めなかったし、少し嬉《うれ》しそうですらあった。

　ある日、ふと思い出して母に尋ねた。あの本をどうしたのかと。

「ああ、お父さんの本棚にあるんじゃない？　隠したままにしてたわ」

　それを聞いた私は早速父の本棚を捜索し、見つけ出すことに成功した。あのとき私を怖がらせた本を、せっかくなら読んでみたい。だが、幼い頃の記憶が蘇《よみがえ》り、躊躇《ちゅうちょ》する。今なら、平気だろうか。それとも、変わらず恐怖に苛《さいな》まれるのだろうか。そしてまた、魅了されてしまうのだろうか。悩んだ末に、恐る恐る表紙をめくった。やはり、好奇心には抗《あらが》えなかった。

　口絵の写真は、私の記憶とは全く異なっていた。

　かなり凄惨《せいさん》な、それでいて芸術的な死体の写真。恐らく本編に関わる写真であることが予想されるため、深くは言及しない。だが、大人でも目を背けたくなるほどの生々しい写真だった。まさか本物ではないだろうが、当時の記憶でしかないので断言はできない。この原稿を書くにあたって調べてみたところ、初版以降は、その口絵はカットされているようだ。それも納得できるほどの写真だった。両親が顔をしかめるのも無理もないだろう。そんな写真を私が見ていたのだから。

だが、私が受けた衝撃は別のところにあった。あの一つ目の男の子の写真はどこにいったのか。

「あんた、そんなこと言ってなかったよ。ただ怖い写真見て寝れないって」

母が言うには、当時の私は一つ目の男の子のことなど、話していなかったらしい。では、私の記憶違いなのだろうか。だが、本来の写真と私が見た写真にはあまりにも共通点がなかった。それに、私はあの写真を何度も見た覚えがある。

この記憶は一体なんなのだろうか。凄惨なその写真よりも、かつての記憶の写真のほうが恐ろしく思えた。

私はその本を、二度と開くことはなかった。再びあの写真に出遭ってしまうことが怖かったのだ。好奇心に、恐怖が勝った。

「その写真って、森みたいなところじゃなかった？」

知人の女性が言った。私が話し終える前に。

社会人になった私は、怪談に興味がありそうな人を見つけては度々この話を披露している。そのときも、いつものように居酒屋で知人数名に話していた。だが私の話の途中で、その写真の特徴を言い当てる知人がいたのだ。

驚きつつも私はその口絵を見た書名を挙げたが、知人はその本を知らなかった。

知人いわく、幼い頃に図書館で読んだ、図鑑か資料集に掲載されていたのだという。

知人も私同様、その写真を見たとき、途《と》轍《てつ》もなく恐ろしく感じたそうだ。

私はその写真の虜《とりこ》になったが、知人はその本に二度と近づくことはなかったそうだ。

「普通、そんなものをもう一度見たいなんて思わないでしょ」

知人の言葉通り、異常な私がそれを何度も見たせいで、男の子が本から出てきてしまったのかもしれない。あるいは、当時の私は、心のどこかで男の子に会うことを望んでいたのかもしれない。

「マンデラ効果」なる言葉があるそうだ。不特定多数の人間が、同一内容の記憶違いをする現象のことを指す言葉だ。有名なものだと、某アニメの存在しない最終回を多くの人が記憶している例がある。ネットを中心に広まった言葉で、都市伝説やオカルトと絡めて語られることが多い。例えば、パラレルワールドや異界などの。

あの本を開いたとき、私は異界を見ていたのだろうか。それとも、私がパラレルワールドにいたのだろうか。

私も知人も霊感はない。全てただの思い込みや勘違いなのかもしれない。本棚の結び目がほどけたことも、私の結び方が拙《つたな》かっただけなのかもしれない。だがあの写真が持つ圧倒的な奇妙さと恐ろしさは、今でも脳裏に焼き付いている。

人生で一番怖い本、それはあの本に対しての正当な評価ではない。本編に関係のない部分でそんな風に語るのは、著者に対して失礼だ。母の本棚にあったぐらいだから、きっととても面白いのだろう。幸い、初版以降は口絵がカットされている。もう、あの写真に怯《おび》えずに読むことも可能になった。いつかきちんと読んで、内容に向き合いたいと思う。だがなんとなく、今でもそれをできないでいる。

※※※※

深夜一時、住宅街を経堂《きょうどう》駅に向かってひとり歩く。七時前に歩いたときは仕事帰りのサラリーマンも多かったが、今は人通りも少ない。少し先に見える駅前の高層マンションの窓は大部分の灯《あか》りが消えており、そのなかにまばらに散らばる灯りがついた窓はまるで、不揃いなジグソーパズルのようだ。じっとそれを見ながら歩いていると、なにかの絵のようにも見えてくる。そういえば昔、テレビ番組の企画で高層ビルに並ぶ窓の灯りをハート形に光らせて、プロポーズしていたような気がする。ただの窓ガラスの灯りの集合体が愛の証《あかし》になるなんて、滑稽《こっけい》なものだ。

「でもさあ、俺はお化けとかそういうのわからないけど、大変だよな。目に見えないものを書かないといけないんだろ？　想像力が試されるっていうか」

つい先ほどまで遅い出版祝いとして、杯を交わしていた友人夫婦との会話を思い出す。

高校の同級生だった彼は、私と違って正しい人生を送っている。コンサル会社に就職し、同じく高校の同級生だった女性と結婚、今や三歳の子をもつ父親だ。

「出版祝いってことで昨日ワイン買ったからさ、開けようよ」

以前会ったときよりいくらかふっくらとした顔つきの彼女が、ワインボトルとグラスを三つ持って、キッチンから顔を出す。少しだけ声が低いのは、先ほど寝室で寝かしつけてきた子どもを気遣ってなのだろう。

「ありがとう」

ワインが飲めないことは言わなかった。もう、高校生ではない。せっかくの心遣いを無下にするには、歳をとり過ぎている。それにこうやって、手作りのツマミが載ったダイニングテーブルを囲んで乾杯することで、自分が正しい生き方に溶け込めるような気がした。たとえそれが一時だとしても。

「ところでさ……」

白ワインを口に含んだあと、平皿に盛られたカルパッチョに目を落とし、彼が言った。隣では、彼女が意味ありげな視線を彼に送っている。

「これ、実話だったりする？」

滑らせた視線の先には「これ」と称されたもの。来て早々私がサインを書いた、ホラー小説の最新刊だ。

「まさか」

笑いながら軽く目の前で手を振る。その拍子に、もう片方の手に持ったグラスが大きく波打つ。

「よかったあ！　だよなあ。そうだよなあ。いや、二人で話してたんだよ。お前、学生時代からホラーマニアだったからさ。とうとう見えるようになったんじゃないかって」

「そうそう。久しぶりに会った瀬野くんが、『あっち側の人』になってたらどう接したらいいんだろうって、ちょっとした家族会議開いちゃった」

とっさに実話を脚色したと言えなかったことが、結果として二人を安心させたようだ。

二人のやり取りに応《こた》えるように、必要以上におどけて言う。

「そんなヤバいポテンシャルあるように見えてた？　俺」

「うん。お前学生時代からけっこう変わってたよ。別に霊感がどうこうってわけじゃなくて。俺たちみたいな普通の人生は送らなそうな人種に見えたかも」

そう言って笑う彼。それを聞いて頷《うなず》きながらクスクスと楽しそうな声を上げる彼女。二人を柔らかな間接照明の光が照らしている。

「で？　どうなの？　やっぱり、アイデアとかどんどん湧いてくるもんなの？」

興味津々《しんしん》といった顔つきで彼が身を乗り出す。

「うーん。どうだろ」

実際のところ、ここ最近、自分の賞味期限が刻一刻と迫っているような気がしている。所詮《しょせん》、幸運が重なって何作か出せただけの新人作家だ。デビュー前は楽しんで読むことができた小説も、今では筆力の差を突き付けられているようで、純粋に楽しめていない。なにより、版元からのオーダーに応えるだけの引き出しがないことは自分が一番わかっていた。だが、それを今この場で口に出せるほど、自分が作家であるということに自覚が持てないでいた。仮に心情を吐露したとして、彼らは精一杯それに対しての励ましを絞り出してくれるだろう。しかし、こうして出版祝いの場を用意してくれている彼らの気持ちに、水を差すようなことはしたくなかった。

「そんなことよりさ、そっちはどう？　前会ったときはめちゃくちゃ忙しそうなこと言ってたじゃん」

自然な風を装って会話の流れを変えつつ、取り皿のカルパッチョをフォークで掬《すく》いあげる。口に運ぶ途中で実山椒《みざんしょう》がポロリと零《こぼ》れ落ちた。

「まあ、もう働いてずいぶん経つからさ、さすがに手の抜きどころもわかってるし、任せられるところは後輩に任せて、なんとかやってるよ」

「なんとかね」

彼女が強調するように言う。彼へのけん制の意味も込めているのだろう。彼と結婚してから、彼女は専業主婦になったらしい。それに加えて、数年前に購入したという経堂の一軒家。きっと、彼の稼ぎは相当なものなのだろう。しかし、その稼ぎと引き換えに、以前の彼はワーカホリックと呼べる生活を送っているようだったからだ。

「でも最近、思うんだよな」

彼が壁を見つめながら言う。貼られているのは、シックな雰囲気のインテリアに似つかわしくない、カラフルな五十音表。名前のわからないアニメキャラがマス目の外で笑っている。

「こうやってちょっと余裕でてくると、色々考えるわけ。コンサルティングってさ、形がないものを売ってるんだよ」

話の方向性が見えず、曖昧《あいまい》に頷《うなず》く。

「クライアントが解決したい課題があったとして、だいたいはその答えは相談の時点で出てることが多いんだよな。それなのに、上が納得しないとかそういう理由で、解決されない。だから、俺たちがやることなんて、上の説得がほとんど」

「それなら、高いお金払ってコンサルに依頼なんてしなくても、なんとかなりそうなもんだけど」

彼女が、私と同じ疑問を彼に投げかける。

「誰が言うかってことが大事みたいだよ。クライアントにとってみたら俺は外部の人間で、しかもコンサルタントっていうプロなわけだろ？　同じこと言ってても、俺が言ったほうが説得力があるように見えるってこと。そう考えると、俺らの飯の種って一体なんなんだろうなって」

聞きながら、机の上の「それ」に目を遣《や》る。読者にとっては、私が書いた本も説得力を持つのだろうか。作家という肩書がついているだけで。

経堂駅前のロータリーには、数台のタクシーが見える。もう、終電直後のラッシュは去ったのだろう。タクシー乗り場には、列はない。

「こんばんは」

初老の運転手がにこやかな顔を向ける。

「こんばんは」

私も挨拶《あいさつ》を返す。無理に飲んだワインのせいで頭が熱を帯びている。同時に、普段より気が大きくなっている自覚があった。

「高円寺《こうえんじ》までお願いします」

「承知しました」

静かに走り出す車内で考えを巡らせる。これはいい機会かもしれない。

「あの、どれぐらいかかりますか？」

私の問いに、運転手がバックミラー越しに目を向ける。

「料金ですか？　それとも時間ですか？」

「あ、じゃあ両方で」

「うーん。ここから高円寺まで行かれるお客様ってあんまりいらっしゃらなくて……多分今の時間だと三十分弱、五千円ぐらいかなあ」

それぐらいなら、時間としてはちょうど良さそうだ。そんなことを考えている私を見て運転手は別の想像をしたらしく、慌てて言い添える。

「だいたいですよ。だいたい。ほら、嘘言っちゃってても良くないから」

「いえ、全然大丈夫です。私もだいたいを知りたかっただけなので」

灯《あか》りの消えた住宅街を走る車内では、走行音だけが響いている。しばらく黙ってみるが、運転手は口を開かない。どうやら、世間話はしないタイプのようだ。

「ここらへんから乗る方は、どちらへ行かれることが多いんですか？」

「ああ。小田急《おだきゅう》線の終電が経堂止まりなもんですから、その先が多いですよ。相模原《さがみはら》までのお客様もいらっしゃったりしますねえ」

「そうなんですね。なんだかすみません。中途半端な距離で」

「いえいえ。そんなことないですよ。あんまり遠いとこっちも大変だから」

にこやかな受け答えを見るに、話が嫌いなわけではなさそうだ。

「このあたりだと、怖いお客さんもいなそうですね」

「はい。会社勤めの方が多いので。新宿とかと違って平和ですよ」

「逆に、静か過ぎて別の意味で怖くなりますね」

一呼吸溜《た》めたあと、言い添える。

「お化けとか」

幽霊ではない、あえてお化けという言葉を使った。

「お化けですか。はは。どうでしょうね」

「ほら、昔タクシーの怪談で聞いたもんですから。白い服を着た女性客を乗せたはずがいつの間にか消えてて、後部座席がびっしょり濡《ぬ》れてるとか」

自然な流れを作れているだろうか。不安を感じつつ言葉を接いでいく。

「はは。ありましたねえ、そんなの」

「運転手さんは、そういう怖いご経験はありますか？」

核心をついた質問の答えは、あっけないものだった。

「いやあ、私はないかな」

諦《あきら》めきれずに食い下がる。

「同僚の方から聞いたりとかは？」

「ないですねえ。東京は人も多いし、お化けが出るにはにぎやかすぎるのかもしれませんね」

そうですか。聞こえるか聞こえないかの声でそう言って黙り込む。「怪談を聞きたいんです」。昔の私なら無邪気にそう言えただろう。だが、作家としてデビューしてしまった今は、それができないでいる。そうすることが、まるで取材の真似事をしているように思えてしまい、くだらない自意識が邪魔するのだ。

沈黙が流れる。タクシーが住宅街を抜け、徐々に窓の外の光が増えたタイミングで、運転手が不意に口を開いた。

「タクシーとは関係ないんですけど、それでもいいなら、ありますよ」

思わずシートにもたれていた背中を起こす。

「どんな話ですか？」

バックミラー越しに、運転手と目が合った。

「私ね、こう見えて昔サーフィンやってたんですよ。もう五十年前とかの話ですね」

この運転手は一体いくつなのだろうか。そう思いながらも、黙って続きを促す。

「サーフィンって、昔は誰もやってなかったんですよね。それが、私みたいな若造が湘南《しょうなん》ではじめて、それでブームになったんです」

「そうなんですね。もっと前からあると思ってました」

メーターが千七百円を示している。

「お客さんみたいな年代の方だとそう思われるのかもしれませんね。あの頃は自分が流行《はや》りを作ってるんだって感じで、それはもう夢中でやってました。一年三百六十五日のうち、三百日は海に行ってたんじゃないかな」

「素敵な青春時代ですね」

「はは。大学も行かずに仲間とチーム組んで、毎日波に乗って、ただの阿呆《あほう》ですよ」

環七《かんなな》通りを走る窓の外、チェーン店のネオンが束になって過ぎ去っていく。

「お客さん、御宿《おんじゅく》ってわかりますか？　千葉の海沿いにある場所なんですけど。あのあたり、サーフィンするのにすごく良くて。バイト代貯めて、チームのやつらと貸別荘借りて、合宿みたいなことすることもあったんです」

返事を返しつつ、スマホで地図を開く。勝浦《かつうら》の隣にある土地のようだ。

「みんな夜は酒盛りするんですよね。もう大騒ぎで。あのときもそうでした。途中で酒を飲み尽くしちゃったもんだから、誰か買いに行けって話になって。それで、私が行ったんです」

「おひとりで？」

「はい。そうです。でもあのあたり、酒屋どころかお店もないから、海岸沿いに車走らせて、隣の町まで行きました」

それは飲酒運転ではないのか。そんな思いが浮かんだが、口にはせず、続きを待つ。

「海岸沿いと言うより、崖《がけ》沿いって言った方がいいのかな。ずっと車を走らせてました。深夜一時ぐらいです。途中で、ドライブインがあるんです。よく通ってた道でしたし、私も何度か立ち寄ったことがありました」

「そのドライブインは、当時営業してましたか？」

「はい。でも、時間が時間でしたから、とっくのとうに閉店してました。私、その建物の隣の駐車場に車を停めて、一服することにしたんです」

「怖くなかったんですか？」

「若かったですからね。別にお化けなんて信じてもいなかったし。でも、そこではじめて見ました」

「お化けを？」

「はい。多分。崖沿いの柵《さく》にもたれて煙草吸いながら、ボーッと海を見てたんですよ。で、それにも飽きて、ちょっと建物のほうに目を遣《や》ったんです」

信号が赤になり、タクシーが停まった。

「その建物、崖にせり出すみたいに建てられてたんですよね。当時にしてはモダンで、四方に大きな窓がたくさんありました。海側だと景色が綺麗《きれい》でね。当然、そのときは営業も終わってるんでほとんどの面のカーテンが閉まってたんですけど、一つだけ、開いてたんです。駐車場から見える窓のカーテンが。そこに人がいました」

「それは、どんな？」

「女の人です」

「女の人ですか。どんな服装の？」

「覚えてないなあ。特に、変わった格好ではなかったですよ」

心のなかで舌打ちをしてしまう。この怪異はパンチがない。窓際に立っただの女、格好も普通では。ふと思い立ち、スマホを操作する。

「その人、窓際に立って、建物の中からこっちを見てるみたいでした。こんな時間に真っ暗な建物の中で、一体なにをしてるんだろうって、驚いちゃって。海を眺めてるならまだしも、私のほうを見ていますし。動けなくて、私もじっと女の人を見つめてました。そしたら、女の人が頭を動かしたんです」

「頭を？」

「最初、首を振ってるのかと思いました。小さい子がイヤイヤするみたいな動きです。

でも、それがどんどん激しくなっていったんですよね」

「激しく……」

「首がちぎれそうなぐらい頭をブンブン振って、髪の毛もバサバサ揺れて。生きた人間の動きには見えませんでした。私、怖くて怖くて、大慌てで車に乗り込んで引き返しました。別荘に戻って仲間に話しても、誰も信じてくれませんでしたけどね」

信号が青に変わり、車は静かに走り出す。これは、なかなかいいエピソードかもしれない。だが、おかしい。

「確認なんですが、見たのは女の人だけですか？」

「え？　はい、そうですよ」

「たとえば、その、男の子がそばに立っていたりとかはしませんでしたか？」

「いえ、見なかったですよ。どうして？」

私はもう一度スマホに目を落とす。画面には、「御宿の心霊ドライブイン跡」の文字。

「今お話をお聞きしながら調べたら、似たような記事を見つけたので」

「そうなんですか。私以外にも見た人がいたんですかね」

「もう十年以上前のものですが、いくつか記事がありました。でも、おかしいんですよ」

「おかしい？」

「はい。そこで目撃される幽霊の多くが、女の人と男の子の霊らしくて」

「そうなんですね」

「いつもその霊は二人で出てくるみたいですよ。目撃談にも、親子の霊として書かれています」

「なるほどねえ」

「どうして、そのときは女の人だけだったんでしょうか」

答えがあるはずもない問いをつぶやいた。車内に設置された液晶ディスプレイ。顔立ちの整った幼い男の子が元気に遊ぶシーンが流れている。保険の広告のようだ。

「お客さん、怖い話がお好きなんですね」

「え？」

「だって、すごく一生懸命だから」

耳の先が熱くなる。

「いえ、お話がお上手だったもので」

「はは。ありがとうございます。でも、お化けなんてわからないものじゃないんですか？」

「それはそうですが」

「お客さんは、私が男の子のお化けを見ていたほうが良かったですか？」

「いや、そういうわけじゃないんですけど。でも、そのほうが納得できるというか」

「私ね、神主の人にもこの話をしたことがあるんですよ」

「お祓《はら》いに行かれたとか？」

「まさか。それから十年以上経ったあとに、たまたま入った居酒屋でカウンターの隣に座ってた人が神主だっていうから。ただの世間話としてです。あれは一体なんだったんでしょうねって」

「なるほど。その方はなんと？」

「窓が開いたんじゃないかって」

「窓？　開いてたのはカーテンじゃないんですか？」

「はい。実際、窓は閉じてましたよ。私はそれを外から見ただけです。でも、そういう意味じゃないそうで」

「あの世の窓ってことですか」

「どうなんですかね。ただ、神主さんが言ってたんです。ただただ理由もなくお化けが出る場所っていうのはけっこうあるもんだって。そういう場所は窓が開いてるそうです。あっち側とこっち側をつなぐ窓が。それをあんたは覗《のぞ》いたんじゃないかって」

「理由もなく……」

「そういう場所に出るお化けにはね、意味なんてないそうですよ。一人だろうが、二人だろうが、首を振ってようが」

「でも、たとえば、海に身投げして死んだ親子の霊とか……」

「お客さんはこの話に意味を見つけたいんですね」

「私はただ――」

「いえ、誰だってそうでしょう。怖いものが怖いままだと、不安になりますから」

「それはそうですが」

「うちの会社もね、働き方改革なんてはじまっちゃってねえ」

「え？」

「きっと、安心したいんでしょうね。大層な名前つければ、それだけでいい方向に向かってるような気分になれるから」

「お化けも同じじってことですか」

メーターが三千八百円を示す。大きなトラックがタクシーを追い越し、車内に影を落とした。

「窓が開いてる場所はね。そっとしとくのが一番らしいですよ。変に理由をくっつけたり、怖がったり、話したりせずに。歪《ゆが》んじゃいますから」

「今、話しちゃいましたね」

精一杯愛想笑いを浮かべてバックミラーを見るが、運転手とは目が合わない。

「怖い話って案外、理由なんてないのかもしれませんね」

しばしの沈黙。タクシーが見慣れた道を右折する。駅まで近い。

「私はね、お乗せする方がどんな見た目をしてようが、一人のお客さんとして見るようにしてます」

「厄介な客でもですか？」

「はい。酔っぱらって顔が赤くなってようが、スーツにサングラスかけてようが、白い服を着てずぶ濡れだろうが。私はドライバーで、手を挙げた方がお客さん。それ以上でも以下でもない」

「プロ意識ですね」

「そうなのかもしれませんね。だからこそ、お客さんがどんな人なのかは極力詮索《せんさく》しないようにしてます。情が入っちゃいますから」

「たとえば……怖い話を聞きたがる客がいてもですか？」

「ええ。もちろん」

タクシーが減速をはじめる。停車する直前、メーターが四千七百円に上がる。

「ありがとうございました。四千七百円です」

表示された通りの金額を告げられた。QRコードで支払いを済まし、タクシーを降りる。

「お客さん」

後ろから呼び止められ振り返ると、運転手が助手席の窓から手を伸ばしている。

「領収書、ご入用じゃないですか?」

礼を述べつつそれを受け取る。窓が閉まる直前、運転手が「おやすみなさい」と言う。乗車したときと同じ笑顔を浮かべて。

ピ、ピ、ピ、ピ、ピ、ピ、ピ、ピ、ピ。
家のドアを開くと真っ暗な部屋のなか、電子音が響いている。抑えがたい苛立《いらだ》ちが込み上げた。「くそ!」、大声が口を衝《つ》いて出る。部屋の電気をつけ、玄関モニターの前へ移動すると、やはり時刻表示がめまぐるしく点滅している。だが、それだけではなかった。モニターに共用玄関が映されている。本来であれば一階のオートロックで部屋番号が押されたときだけインターホンの音とともに表示される画面。それが今、無人の空間を映している。時刻表示だけでなく、こちらも壊れてしまったのだろうか。そろそろ管理会社に連絡をしたほうが良いのかもしれない。

ソファの上にリクの姿が見当たらない。呼びかけるが反応はなかった。クローゼットの上や、冷蔵庫の脇の隙間を見て回る。最後に覗いたベッドの下、身体を丸めて小さくなっているのを見つけた。

「おいで」

以前地震が起こった際もここにいたな。そんなことを考えながら呼びかけるが、出てくる気はないようだ。

酔い覚ましに最寄りのコンビニで買ったアイスコーヒーを飲みつつ、PCの前に座る。画面には、家を出る前と同じ「一つ目小僧」の原稿。運転手の言葉が本当なのだとしたら、これにも理由などないのだろうか。田島の言葉が脳裏に蘇《よみがえ》る。

「私は、瀬野さんがそのできごとをご自身の視点で再解釈した物語を読みたいです」

私の実体験を書いたこれは、物語として不完全なのだろう。ここに解釈や登場人物の目線を入れて物語に仕立て上げるには、どうしたらよいのか。

藁《わら》にもすがる思いでネットブラウザを立ち上げ、検索ワードに「一つ目小僧　怪談」と入力する。

検索結果に表示される一つ目小僧に関する記事一覧。被《かぶ》り笠《がさ》を頭に載せ、挑燈《ちょうちん》を手にした一つ目の少年のイラストが添えられた記事の数々は、どれも古くから語られている妖怪《ようかい》のものだった。そもそも私が幼少期に目にしたそれは、一つ目小僧なのか。その名称も、文章を書くにあたって便宜的につけたものに過ぎない。だとしたら、この検索一覧に解釈をもたらしてくれるようなものはないのかもしれない。

無為なスクロールを繰り返していると、ある記事が目に入る。それは、ネット怪談を集めたサイトに掲載された、ひとつの話のようだった。

※※※※

『怖いCM』

そのCMが有名になったのは、ネットからでした。「昔のCMを見て懐かしもう」というタイトルのスレッドでのことです。昭和から平成の折にテレビで放映されていたCMの商品名や動画のリンクを投稿し合い、「懐かしすぎ」、「これ夏休みによく見てた」などと感想を語る、言ってしまえばよくあるスレッドでした。

少なくない人がそのスレッドに集うにしたがい、「○○（番組名）の合間によく流れてたお菓子のCM覚えてる人いる？」といった、企業名や商品名が思い出せないCMを問いかけるような投稿も増えてきます。そのなかで、「小さい頃見たやつですごい怖いのがあったんだけど、思い出せない」という投稿がありました。

投稿者いわく、そのCMは次のようなものだったそうです。

「小学生の頃だったから、多分90年代のはじめだと思うんだけど、青空の原っぱみたいなところで、男の子がこっちに向かって走ってきてるやつ。明るい音楽が流れてるんだけど、なぜかその男の子、目が一つしかない。で、CMの最後に『健やかな明日を』みたいな感じのテロップが流れて終わり」

「それ自分も見た」、「寝る前に見てびびった記憶あるから、多分夜の九時あたりに流れてたような」。何人かから寄せられた情報は皆の興味を引いたようで、自然とスレッドの空気はそのCMを探す流れになりました。

しかし、肝心の企業名や商品名がわからないこともあり、すぐには該当のCMは見つかりません。躍起になってそれを探す人も現れましたが、なかなか記述どおりのCMにはたどり着けませんでした。しかし、「関東《かんとう》のローカル局で流れてたやつ見つけた。雰囲気はこれが一番近いかも」というコメントとともに投稿された動画のリンクが流れを変えます。

クラシックのBGMが流れるなか、草原の大きな木の下で、金髪で青い目をした幼い少年がゴールデンレトリバーと思《おぼ》しき犬を撫《な》でています。犬は男の子にじゃれつき、顔を舐《な》め、それを少年は笑顔で抱きとめます。そして少年は立ち上がり、犬と一緒に駆け出します。カメラに向かって走る少年。画面の中央には『健やかな明日をお届けします』の文字。そして映るのは、瓶詰めにされたプルーンエキスの商品。

「多分これだと思う。でもおかしい。自分が見たのと違う。男の子は日本人だったし、そもそも一つ目だったし」

その投稿をきっかけに多くの人が「自分も違うものを見た」、「こんな普通の映像じゃなかった」と投稿しはじめました。ＣＭは確かに同じものなのに、肝心の部分が違っている。そんなことがあるのでしょうか。

結局、そのＣＭがなんだったのかはわかりません。この話はいつの間にか有名になって、今でも「ネットで検索してはいけないワード」などでたびたび取り上げられています。「一つ目小僧のＣＭ」というワードで。

※※※※

記事を読み終えてすぐ、「一つ目小僧のＣＭ」というワードで検索する。表示されたのは、「最恐！　絶対に検索してはいけないワード50選」といった記事や動画。そのなかには「一つ目小僧のＣＭとはなんだったのか？」という検証記事もあった。ぬるくなったアイスコーヒーを一口飲んで、カーソルを合わせる。

その記事のなかで触れられていたのは、マンデラ効果についてだった。もっとも私が書いた原稿とは違って、触れられていたのは至極真っ当な――それが起こるメカニズムについてだったが。

ふと、ある可能性に思い当たり、「御宿　心霊ドライブイン」と検索をかける。ヒットした記事はタクシーの車内で流し読みしたものと同じだ。今度は詳細を読み込む。それを終えると、今度は「関東　心霊スポット」と検索しなおした。無数の心霊スポットの怪談から目当ての記事を探す。

そのいくつかの内容に目を通したとき、可能性が確信に変わった。新しくワードファイルを立ち上げ、キーボードを叩《たた》き始める。

プロットを書き終え、一息つく。画面には調べもののために開いていたウェブブラウザがいくつも展開されている。カーソルを動かし、それらをひとつひとつ閉じていたとき、以前見ていたブログの記事が目に留まった。アイデアを探すためにネットの海をさまよっていたとき、たまたま見つけたブログだ。記事のタイトルは、『窓から出すヮ』。確か、途中で読むのをやめていたものだ。

※※※※

それに薄々気づいているからこそ、人は怪談という理不尽さをはらんだ物語に魅力を感じるのだろう。たとえそれがフィクションであろうとも、自分より理不尽な目に遭う人を見て、今生きているこの世界を少しでもマシだと思いたい。そう考えてしまうのではないのだろうか。

だが、傲慢《ごうまん》な私達はその虚構の世界にすら、一定の正しさを求めてしまう。それがフィクションであったとしても、正しい理不尽さが必要なのだ。

その禁足地はもともと処刑場だった。その木では、昔、首を吊《つ》った人がいた。だから彼らは呪われて死んだ。たとえ直接の因果関係がなかったとしても、そんなもっともらしい要素が仄《ほの》めかされることではじめて、安心してその理不尽さを享受できる。それらは、凄惨《せいさん》であればあるほど説得力が増すだろう。

理不尽さを求めるはずの怪談に正しさを求めるとは皮肉なことだが、怪談を楽しむには救いとしての理由付けが必要なのだ。いかに虚構の世界であろうとも、罪のない人々がなんの因果もなく苦しむさまを笑えるほど、私達は非情にはなれないのかもしれない。

私達を納得させるためだけに語られる怪談の因果。元の体験が実話だったとしても、それが付け足された瞬間にフィクションへと変容する。

ほどよく理不尽でほどよく正しい、そんな歪《ゆが》んだ怪談を楽しむ私達は、果たして正しいのだろうか。

ところで、この記事のタイトル『窓から出すヮ』、最後につけられた「ヮ」の文字を見て、これを読まれたみなさんはどう思われただろうか。なにか、意味があるのではないかと思ったのではないだろうか。たとえば、「ヮ」のあとになにかが続いているはずだとか、私がなにかにとり憑《つ》かれているだとか。残念ながら私はいたって正気であるし、このブログは怪談の考察を垂れ流すだけのただの弱小ブログだ。この文字に意味もない。そう、理由などないのだ。まるで、この現実世界のように。そこに意味を求めてしまうことこそが、怪談を怪談たらしめる由縁なのかもしれない。

※※※

目が覚めたとき、すでに時刻は午後の一時を過ぎていた。窓の外からかすかに雨の音が聞こえる。カーテンをめくると、薄暗い空の下、傘を差して歩く人が見えた。PCを立ち上げ、メーラーを開く。下書き画面には数日前に書いてからまだ送っていない田島宛のメールが保存されている。件名は『新作プロット』。

まだこのメールは送れない。今は。

デスクの上に置いたスマホが不意に振動する。数日前に自宅へ招待してくれた彼の名前が表示されている。

「よお、元気か？」

「元気かって、会ったのついこの間じゃん」

「はは。そうだよな」

「ありがとう。招待してくれて。料理美味《おい》しかったって伝えておいて」

「うん……そうだな」

彼とは、以前から頻繁にやり取りをしていたわけでもない。家へ招いた数日後にこうして電話をかけてくるのだから、なにか用事があるのだろう。

「どうしたの？」

「いや、あのさ。ちょっと話があって」

「急に改まって、なに？」

「実は、俺たち離婚するんだ」

「え？」

急な告白に言葉を失う私に、彼は慌てて続けた。

「もうかなり前に決まってたんだよ。でも、せっかくの祝いの場だし、言わないほうがいいだろうってあいつが言うから」

「……どうして？　子どももいるのに」

「どうしてだろうなあ……」

「お前から言ったの？」

「いや、違う。あいつから」

「理由は聞かなかったのか？」

「聞いたよ。色々言ってた。俺が仕事ばっかりだからとか」

「でも、最近落ち着いたって」

「うん。それはあいつもわかってると思う。だから……」

「だから、なに？」

「理由なんてないんだよ」

「そんな……そんなことって――」

「一生懸命色々並べてくれたよ。別れる理由。でも本当は、俺と一緒にいる理由がないんだと思う。それが理由なんじゃないかな」

お前、稼ぎはあるじゃないか。そう言いかけてやめた。

「俺たち、ずっとなんとなく付き合ってたんだよ。学生の頃から。それが当たり前になってた。なんとなく一緒にいて、なんとなく結婚して、なんとなく子どもつくって、なんとなく家買って。でも、俺もあいつに色々言われて気づいた。なんで一緒にいるんだろうって」

「それは……好きだからとか」

「そう。好きだと思う。でも、好きだから一緒にいるのか、一緒にいるから好きなのかわからない」

「でもそれって、無責任じゃないか？　お前たちはいいとしても、子どもがかわいそうだろ」

「無責任か。そう。無責任だな。親として。一人の人間として失格なのかもしれない」

「いや……ごめん」

「ううん。お前の言う通りだと思うよ。だからこそ俺も思う。あいつに好きな人ができてたりとか、俺が浮気しててそれがばれたりしたほうがよっぽどマシだったんじゃないかって。でも、そんなドラマみたいなことは起こらない。俺は主人公じゃないから」

「これから、どうするんだ？」

「あいつは実家に帰って、俺も二週間に一度は子どもに会って、それで終わり」

「お前はそれでいいのか？」

「よくはないよ。子どもと離れたくないし。でも、いくら稼ぎがあっても、俺には仕事があるから。男親だけで苦労かけられないし」

耳が熱い。気づかないうちに、強くスマホに押し付けていたようだ。

「じゃあ、もっと話し合った方が――」

「そうだなあ。でも、俺、納得しちゃったからさ」

そうか。彼は納得したのか。理由がないという理由に。それが、彼にとっての正さなのか。私のなかで、なにかが崩れていくような気がする。それは、立派に作られた城がガラガラと崩れていくような派手なものではない。浜辺に砂で作られた山が波にさらわれてサラサラと崩れていくような、そして、そのあとにはまるでなにも残されないような――。

「急にごめんな。でも、お前には言っておきたくて。結婚式のときにスピーチまでしてもらったし」

彼が取り繕うように謝罪する声が遠くで響く。

「なんか言ってくれよ」

黙り込む私に、彼が言う。

「……………そうだな。じゃあ、俺からもひとつ。怖い話、してやるよ」

「おっ。作家先生直々に怖い話が聞けるなんて、楽しみだな」

私が気を利かせて話の流れを変えたとでも思っているのだろうか。明るい声が聞こえる。

「俺さ、猫飼ってるだろ？　その猫、懐いてくれなくてさ――」

私は、話しはじめた。数日前に作ったプロットを。私が作りあげた物語を。

ピ、ピ、ピ、ピ、ピ、ピ、ピ、ピ、ピ。

電子音が鳴っている。

※※※※

『新作プロット』

連作短編の形式を取る。

主人公は作家である私。私は、次作の執筆のネタがないことに悩んでいる。

そんなある日、SNSで「幽霊が寄ってくる音」の動画を見つけてしまう。その危険性に気づかず、友人にリンクを送ってしまったところ、「子どもが来る」と言い残して友人は行方不明に。

友人の安否を気遣う私はあることを思い出す。それは、幼い頃に本の口絵で目にした「一つ目小僧」のこと。本の中からこちらに出てこようとするその怪異と、件《くだん》の動画に関連性を見出《みいだ》した。

私はネットで同じような体験をした者がいないか調べはじめる。見つけたのは「怖いCM」の話。一つ目の男の子が出てくること、それを見た者とそうでない者の間に記憶の違いがある点が一致している。

浮かび上がるキーワードは「マンデラ効果」。複数の人間が同一の記憶違いをする現象のことだ。異界の存在を示唆するそれはつまり、「あちら側とこちら側を隔てる窓が開いた状態」であるということ。

同一時期に起こった社会現象や印象的な事件が記憶違いの要因になり得ることを知った私は、あることに気づく。

私が不気味な口絵を目にしたときと、例のCMが放送されたのは同じ年だったのだ。また、その年を境に関東一体の心霊スポットで、男の子の霊の目撃証言が増え始めていた。それ以前の目撃談とは関連性のない、男の子の霊だ。※一つ目小僧の霊にするかは要検討。

私は調査の末、その年に世間を騒がせた大きな事件が起こっていたことを突き止める。

それは、関東で起きたある幼児虐待死事件。親に暴行を加えられた男の子の遺体が雑木林で発見されたというもの。まだコンプライアンスが甘かった当時において、ワイドショーで男の子の虐待内容が詳細に報道されており、そのなかには、顔面を繰り返し殴られたことにより片方の眼球がほぼ壊死してしまっていたことなどが含まれていた。

この事件を境に、あの世とこの世の境界線があいまいな場所に、男の子の霊が現れはじめてしまったのだ。それは、場所だけに留《とど》まらず、虚構の世界を映すテレビや小説にも及んでいた。そして、今もなお、スマホを通して男の子は現れている。

それを知り、慄然《りつぜん》とする私の耳に電子音が響く。玄関モニターには、人影。真相を知ってしまった私のもとに、一つ目小僧が現れる。

※※※※

彼がおどけながら、それでいて探るような声で言う。

「その話……フィクションだよな？」

「どうだろうなあ。でも、ちゃんと物語として成立してるだろ？」
ピ、ピ、ピ、ピ、ピ、ピ、ピ、ピ、ピ。
「いや……そうかもしれないけど。真相が惨《むご》すぎるっていうか」

「そうだよな。ちなみに、その部分、虐待事件は脚色してるよ」

「え？　そうなのか？　だとしたら、ちょっと不謹慎過ぎないか？」

「不謹慎か。でも、小さい子どもを残してなんとなく離婚する人間に倫理観を説かれたくないな」

「冗談だよ。目玉が壊死した男の子なんて、かわいそうだもんな。ただ、そうでもないと納得できないだろ」

「おい！」

「納得って」

ピ、ピ、ピ、ピ、ピ、ピ、ピ、ピ。

「マンデラ効果なんて実際はただの記憶違いなのかもしれない。同時期に起こったショッキングな出来事が記憶に残って、近しいエピソードに紐《ひも》づけられただけ。現に、その時期には男の子の虐待事件はあったみたいだし。でも、窓が開いたと解釈したほうが、この物語にはふさわしいだろ？」

ピ、ピ、ピ、ピ、ピ、ピ、ピ、ピ。

「…………さっきから気になってたんだけど、お前の後ろで鳴ってるその音、なに？」

「ああ、この音？　ここ最近、ずっと鳴ってるんだよ。玄関モニターから」

ピ、ピ、ピ、ピ、ピ、ピ、ピ、ピ。

「玄関モニターって、誰か来てるんじゃないのか？」

「そうだな。ずっと来てる。俺を呼んでる。男の子が」

ピ、ピ、ピ、ピ、ピ、ピ、ピ、ピ。

「え？」

「モニターに映ってる。一つしかない目でこっちを見て、笑ってる」
ピ、ピ、ピ、ピ、ピ、ピ、ピ、ピ、ピ。
「お前、その話――」
ピ、ピ、ピ、ピ、ピ、ピ、ピ、ピ。
「そうだよ。全部本当だよ」

「おい、お前――」
ピ、ピ、ピ、ピ、ピ、ピ、ピ、ピ、ピ。
電子音が鳴る。私は、玄関モニターを見つめる。

「俺がそう言えば、お前は納得するか？」

「は？」

「そうだな。全部本当なら、俺のところにその男の子が来るのは、物語として正しいよな」
ピ、ピ、ピ、ピ、ピ、ピ、ピ、ピ。
「じゃあ、やっぱりフィクションなのか？　だったら、その音は」

「鳴らないんだよ。音が」

私が不意に出した大声にリクが驚き、ベッドの下に駆けこむ。あの晩、私の声に驚いて逃げ出したように。

「でも今、鳴ってるじゃないか」

そう言った彼の口調は、こちらを気遣うようなものに変わっている。
ピ、ピ、ピ、ピ、ピ、ピ、ピ、ピ。
「そう。鳴ってくれないと困るからな」
ピ、ピ、ピ、ピ、ピ、ピ、ピ、ピ。
私は、ボタンを連打し続ける。もう誤作動を起こしてくれない、デジタル表示を見つめながら。

「お前……大丈夫か？」
ピ、ピ、ピ、ピ、ピ、ピ、ピ、ピ。
「それはお互い様だろ」

「俺は――」

彼の言葉を最後まで聞かずに、私は言った。

「歪《ゆが》むんだってさ」
ピ、ピ、ピ、ピ、ピ、ピ、ピ、ピ。
「なんの話だよ」

「ただの幽霊に理由を求めると」
ピ、ピ、ピ、ピ、ピ、ピ、ピ、ピ。

「歪むって、なにが――」

「さあ。自分が、かな」
ピ、ピ、ピ、ピ、ピ、ピ、ピ、ピ。
「おい！」
ピ、ピ、ピ、ピ、ピ、ピ、ピ、ピ。
電子音が鳴っている。

暗いままの玄関モニターには、なにも映らない。一つ目の男の子は来てくれない。

「いつになったら、出てきてくれるんだろうな」

私はつぶやいた。電子音が虚《むな》しく響き続ける。
ピ、ピ、ピ、ピ、ピ、ピ、ピ、ピ。
もしこれが本の中の「物語」なのだとしたら、きっと最後のページは白紙にするだろう。

そのページに、一つ目の男の子を見る人がきっといるはずだ。

そうでないと困る。納得できない。

考えながら、ボタンを押し続ける。

櫛木理宇

追われる男

1972年新潟県生まれ。2012年「ホーンテッド・キャンパス」で第19回日本ホラー小説大賞〈読者賞〉を受賞。同年、「赤と白」で第25回小説すばる新人賞を受賞し、二冠を達成。「ホーンテッド・キャンパス」シリーズ、「依存症」シリーズ、『死刑にいたる病』『鵜頭川村事件』『虜囚の犬　元家裁調査官・白石洛』『死蝋の匣』など著書多数。時代を超え、キャラホラー好き、サイコホラー好きなど、様々なジャンルのホラーファンから愛されている。

あなたは今年、二十三歳になる。

ときは五月中旬。時刻は午後九時十四分。

あなたは某私立大学工学部機械工学科を卒業し、先月『SQ鉱業株式会社』へ入社したばかりである。

残念ながら、希望の部署には配属されなかった。不満を顔に出したつもりはないが、直属の上司――カトウ係長に、最初からよく思われていないのは察していた。係長の言葉づかいや目つきに、いちいち棘《とげ》があった。

そうしていま、あなたは入社して二度目の飲み会に参加している。

すぐ横に座るのは、ほかならぬカトウ係長だ。

係長はすでに泥酔している。あなたは酌をしに行った際に捕まり、もう一時間以上、放してもらえずにいる。

「おまえなあ、いまどき大卒なんて、掃いて捨てるほどいるんだぞ？　なーにが×大卒だ。そんなもん、なんも珍しかねえ。猫も杓子《しゃくし》もダイガク行ける時代じゃねえか。ふん、おれぁな、大卒でまともに使えるやつに、いまのいままで出会ったことがねえんだ。てめえら、どいつもこいつも、なよなよとマザコン面《づら》しくさって……」

係長は酒癖が悪いので有名だ。

どう相槌《あいづち》を打つべきか、あなたは迷う。「すみません」も「恐縮です」も的外れな気がする。

しかたがないので精いっぱい下手《したで》に出て、

「今後とも、よろしくご指導ご鞭撻《べんたつ》のほど……」

と言ってみたが、

「なんだそりゃあ、ふざけてんのかっ」

と、平手で背中を思いきりどやされた。あなたは咳《せ》きこみ、涙目になる。早く帰りたい、とそれだけを願う。

――十一時に、サユミと待ち合わせしてるのに。

サユミは、付き合って六年目になるあなたの彼女である。

とはいえリアルで待ち合わせしているわけではない。オンラインゲームでだ。

サユミとの出会いは高校だ。彼女はあなたの一学年下だった。ひょんなことから親同士が知り合いだと判明し、そこからとんとん拍子に交際にいたった。

専攻こそ違えど同じ大学に進み、同じサークルで活動し、大きな喧嘩《けんか》やトラブルもなく付き合いつづけている。話が合い、気が合う自慢の彼女である。

しかしあなたが就職してから、会う頻度はがたりと落ちた。

サユミはまだ学生で、あなたは社会人。ライフサイクルが合わなくなったことに、あなたはすこし危機感を抱いている。

それでなくてもサユミは可愛い。会えない間にほかの男に言い寄られるのではと、気が気でない。

――だからせめて、オンライン上でも会話したい。

そんなあなたの焦燥をよそに、カトウ係長はねちねち絡んでくる。

「ったくよぉ、いまどきのガキは覇気がねえというか、骨がねえというか……。ケッ。ふにゃふにゃしやがってよお。ちゃんと股《また》ぐらにチンポ付いてんのか？　あぁ？」

「はい。まあ」

「なにがまぁだ。てめえ、女のほうはどうなんだ。童貞か？」

「あ、いや……」

「いやだとお？」

係長の眼の色が変わった。

しまった、と思ったときには遅かった。

「てめえ、女いんのか」

「あ、いえ、ええと」

係長の肩越しに、同僚の顔が見えた。しかめたその表情が「あちゃあ、馬鹿だな——」とはっきり語っていた。係長が四十代前半にしてまだ独身なことを、あなたはようやく思いだす。

「カノジョか？　ん？」

「あ——はい。まあ」

額にじっとり冷や汗が滲《にじ》む。しかし今度は背中を叩《たた》かれはしなかった。

代わりに、

「カノジョ、ここに呼べ」

と言われた。

「いえ」

あなたは慌てて首を振る。

「いえ、それは——それは、ちょっと」

「なにがちょっとだ」

「いやその、勘弁してください」

額の汗が目に入った。視界が潤んでぼやけた。

なぜこんな男にへいこらしているのだろう、と思った。

目の前のカトウ係長は貧相な小男だ。中肉中背のあなたより、ひとまわり小さい。

シャツの衿《えり》は垢《あか》じみて、歯の裏が煙草の脂《やに》でまっ黄色だ。上司と部下でさえなければ、一生接点のない相手に思えた。

——こんな男に、サユミを会わせるわけにはいかない。

あなたはサユミと結婚を考えている。すでに家族ぐるみで付き合っており、両親もそれを望んでいる。来年あたり婚約指輪を買うつもりで、貯金をはじめた。あなたにとってなにものにも代えがたい女性だ。

その女性を、係長は「酒席に呼べ」と言い張る。

あなたは汗を拭《ふ》き拭き、しかし頑として断る。

説き伏せられないと見て、業を煮やした係長はついに叫んだ。

「てめえの女を呼べねえってんなら、代わりの女を用意しろ。吉原《よしわら》だ、吉原！　いますぐおれの目の前で予約しやがれ！」

そして一時間後、あなたは吉原の歓楽街にいる。

カトウ係長の下衆《げす》な命令を断りきれなかったのだ。眼前では、ソープランドの派手な看板が煌々《こうこう》と光っていた。

店名は『ピンキーピンク』。

だいぶ修正加工しているだろう風俗嬢たちの画像が、入口にずらりと貼りだされている。ミルクちゃん、アゲハちゃん、リルちゃん、イチゴちゃん、モカちゃん、セーラちゃん……。

三十分ほど前、カトウ係長はこの扉の向こうへ消えた。

「てめえがもっとマシな部下だったら、ソープくらい奢《おご》ってやったがな。いいか、おれが出てくるまで、そこで忠犬ハチ公みてえに立って待ってろ。もし帰りやがったら、今年の査定はわかってるな？」

との捨て台詞《ぜりふ》付きでだ。

あなたは店の前をうろうろと歩き、スマホを覗《のぞ》いてはため息をつく。

十一時までにはとうてい帰れそうにない。サユミには「上司に付き合わされてる。ほんとごめん。今日の約束は延期して」とＬＩＮＥした。なのに返事がない。既読が付く気配さえない。

――まあソープの〝奢り〟で、サユミを裏切らずに済んだだけマシか。

そう何度目かのため息をついたとき。

あなたは、〝彼〟の存在に気づく。

まず目に付いたのは、その特徴的な頭だった。つるつるの禿頭《とくとう》だ。剃《そ》っているのか、それとも自然に禿《は》げたのか、磨きあげたようにきれいだった。歓楽街のネオンサインを弾《はじ》いて光っている。

身長はあなたと同じくらいだろうか。しかし体形は大違いだ。全体に四角く、ぶ厚い。脂肪とそれをうわまわる筋肉で、男は全身を鎧《よろ》っていた。柔道経験者なのか、潰《つぶ》れた耳がしろうと目にもわかる。俗に言う餃子耳《ぎょうざ》である。

——やくざの舎弟か？

だとしたら、兄貴分に待たされてるのかな。あなたはぼんやり思う。自分と同じく、ソープランドに消えた上司に待たされているのかなと。同類相哀れむの感情が、じわりと胸に滲む。

カトウ係長がようやく『ピンキーピンク』から出てきたのは、十一時二十分過ぎのことだ。

「あーすっきりした。この店ははじめてだけど、大当たりだったな」

係長は頰を火照《ほて》らせ、石鹼《せっけん》のいい香りをさせていた。彼は声高に、今日当たった泡姫の自慢話をはじめた。

「巧《うま》い子だったぞ。とくに即尺からのタマ舐《な》めと、前立腺《ぜんりつせん》責めがたまらんかった。やっぱ即尺だよな。いやあ、明日への活力がびんびん湧いてくるぜ……」

あなたは正直、風俗に興味がないわけではない。でもそれ以上に性病が怖いし、なによりサユミを裏切りたくない。

そんなあなたの思いも知らず、係長は得々と話しつづける。

「次もあの子を指名しちゃおうかな。名刺ももらったことだし。ああそうニーナちゃんだ、ニーナちゃん。まだ若いのに、かなりのテクニシャン……」

言葉が、なかばで消えた。

さっきの禿頭が、あなたたちに近づいてきたからだ。禿頭はなぜか、顔をくしゃくしゃに歪《ゆが》ませていた。目が真っ赤だ。唇が震えている。その両眼にみるみる涙が盛りあがったかと思うと、

「てめえ、ニーナとヤりやがったのか！」

つばを飛ばして彼はわめいた。

一瞬、あなたと係長はあっけにとられる。なにを言われたのか、咄嗟《とっさ》に理解できない。ようやく呑《の》みこめたのはゼロコンマ数秒あとだ。

係長が眼鏡を指で押し上げて、

「てめえって……。な、なんだよ。ヤりたいならあんたも指名すりゃいいだろ」

顔を歪めて反駁《はんばく》する。

「それができたら苦労しねえ」

禿頭が、身をよじらせて呻《うめ》く。

「なんでできない」

「出禁なんだよう」

禿頭の目から、ついに涙がこぼれた。大粒の涙だった。堰《せき》が切れたのか、禿頭は子どものようにしゃくりあげはじめた。

「店を出禁にされたんだ。いわゆるNG客ってやつだよう。ちくしょう、おれは、ニ、ニーナを愛してるだけなのに。ニーナだっておれを好きなのに、店に引き裂かれた。やつら、おれとニーナの仲を嫉妬《しっと》してやがるんだ」

――なんだ。

事情が呑みこめてきて、あなたは「なんだ」と思う。

この禿頭は、ニーナという風俗嬢のストーカーらしい。

いわゆる恋愛妄想というやつだろう。愛し合う自分たちをまわりが邪魔していると思いこみ、怒りと憎悪を燃やすのだ。この妄想が嵩《こう》じると、刃物を持って女性の実家を襲い、「あの子を出せ」とわめきながら家族を殺傷したりする。

――危険だ。

しかしおれたちには関係ない。そうあなたは己に言い聞かす。言い聞かせながら、後ずさって男から距離を取る。

「こいつ、おれのニーナとヤりやがった。洗ってないのを即尺させやがったあ」

禿頭は天を仰ぎ、わあわあ泣きはじめた。

いまのうちに、とあなたは思う。いまのうち帰ろう。ニーナとかいう子には悪いが、かかわりあいになりたくない。

しかしカトウ係長は違った。

まだ酔いが残っているらしい彼は、泣く禿頭をにやにやと覗きこんで言った。

「アナル舐めもしてもらったぞ」

「わああああああ」

禿頭がさらに激しく泣きはじめる。

「ちょっと、係長」

あなたは焦り、係長を止めようとする。

しかし係長はアルコールで気が大きくなっていた。もとより、人をいたぶれる機会は絶対に逃さぬ男であった。

「即尺からのアナル舐めだ。おれの未洗浄のを、そりゃあ熱心に舐めてくれたぞ。舌をこう、ドリルみたいに尖《とが》らせて」

「うわああああああああ」

「係長、係長ってば」

「わああああああ。死ぬ。ニーナを殺しておれも死ぬ」

禿頭は叫んだ。

その場に仁王立ちになっての大音声だ。通行人たちが、目をまるくして通り過ぎていく。あなたは恥ずかしくて、顔から火が出そうになる。

「ああ殺すとも。殺してやらあ。ニーナがいるから生きてこれた。ニーナはおれのこのつまらん人生の、たったひとつの花だ。光だ。太陽だ。ニーナが死ねば、もう全部どうでもいい。ちくしょう。おまえらも殺す。殺すからな。見てろ。うわあああああ。死ね死ね、おまえらみんな死ね」

わめきながら禿頭はカトウ係長を睨《にら》み、次いであなたを睨む。

その瞳《ひとみ》は、憎悪でぎらぎら光っていた。あなたはぞっとする。しかし係長は、やはり薄ら笑って彼を挑発する。

「おう、やってみろ。殺してみろよ」

「係長、やめてください」

「いつでも来い。おまえにもおれのアナルを舐めさせてやらあ」

「係長、やめましょうって。ほんと勘弁してください」

あなたは係長を引きずるようにしてその場を去る。

禿頭は、最後まで仁王立ちであなたたちを睨んでいた。プロレスラーさながらの体形が、ネオンサインを背にシルエットで浮かびあがる。

その双眸《そうぼう》だけが、夜闇に爛々《らんらん》と白く光っていた。

あなたは零時近くにアパートに帰宅する。スーツを脱ぎ捨ててざっとシャワーを浴び、やっとサユミにＬＩＮＥする。

「今日はごめん。絶対埋め合わせするから」

返ってきたのは、激怒顔のスタンプだった。

「許さん！　次に約束破ったら、シャイニングウィザードかましたる」

シャイニングウィザードとはプロレスの膝蹴《ひざげ》り技だ。

あなたはつい笑ってしまう。間を置かず、サユミからの「うそうそ」と熊が手を振るスタンプが表示される。

「嘘だよー。社会人が大変なことくらいわかってる。大変だね。お疲れさま」

「大変だったよ。でもそれとは別に、埋め合わせは必ずする」

「いいって」とサユミは答えながらも、「『グラスタ』のグッズ三個で許したげる」と送ってくる。

あなたはやっぱり笑ってしまう。

――ああ、この子を裏切らなくてよかった。

心からほっとする。

連れションならぬ、連れソープなんかしなくてよかった。もし係長に付き合わされていたら、罪悪感で彼女にＬＩＮＥどころじゃなかったはずだ。

「OK。来週の休み、ヴィレヴァン行こう」

そう送った。

あなたとサユミがハマっているオンライン格闘ゲーム『グラップリングスターズ』は、最近グッズ展開が激しい。フィギュアや文具、スマホ用品など、矢継ぎ早に発売している。ちなみに今使っているスマホリングも、二人お揃いの『グラスタ』グッズだ。

「じゃ来週は、ひさびさにヴィレヴァンデートだね」

「ヴィレヴァンとドンキはしごして、モス寄って帰ろう。ネトフリで観たいの、めちゃ溜《た》まってるしさ」


翌日の午後十二時二十五分。

あなたは社員食堂のテーブルで、いつものA定食を食べている。メインの惣菜《そうざい》はミックスフライだ。海老《えび》こそないが、メンチカツと大ぶりの鮭フライで食べごたえがある。社食がある会社でよかった、としみじみ思う。

食堂にはテレビがあり、昼どきのニュースを映していた。あなたは箸《はし》を使いながら、なんの気なしにテレビを見上げる。

途端、手がぎくりと止まる。

画面に「吉原の風俗店、『ピンキーピンク』」の文字が躍ったからだ。

男性アナウンサーの無機質な声がつづく。

「東京都台東区《たいとう》の〝吉原〟と呼ばれる地域の風俗店『ピンキーピンク』において、女性従業員が刃物で殺害されるという事件が起こりました。被害者はワタナベナナさん、二十七歳。浅草署は以前よりワタナベさんに付きまとっていた、元客の無職タナカヒロアキ三十六歳の犯行と見て、緊急指名手配を……」

――まさかな。

薄い味噌汁《みそしる》をごくりと飲みこんで、あなたは思う。

昨日の今日だが、まさか。そんなわけがない。

あなたは二十二年間、暴力とはずっと無縁だった。せいぜいで子どもの頃、父親からげんこつをもらったくらいだ。学生時代は喧嘩《けんか》もいじめも経験していない。殺人事件だなんて、遠い世界のことでしかない。

――まさか、だ。あり得ない。

――万が一そうだとしても、おれには関係ない。

だがその希望は、数時間後に潰《つい》えることとなる。

三時休憩に入った途端、あなたはカトウ係長に呼びだされた。場所は、無人の第二会議室だ。係長の顔は蒼白《そうはく》で、額に脂汗が浮いている。

「あ、あの子」

しわがれた声で係長は言う。

「おまえも昼のニュース、観たよな？　こ、殺された、あの子……。おれが昨日、指名した子だった。ニーナちゃんだ」

あなたは息を呑《の》む。

「間違いないんですか」

「ない。間違いない。だって顔写真、テレビに映ってただろ。おれ、ニーナちゃんの顔近くで見たもん。キスもしたもん。ちょっと化粧違ったけど、あの子だよ」

係長の膝《ひざ》はがくがく震えていた。

「それに、観ろよ、これ」

わななく手で、係長がスマホを差しだしてくる。

ニュースで流れたらしい動画が、液晶に映しだされていた。防犯カメラの映像だ。

「これが、犯人のタナカで、指名手配中だって……」

液晶を覗《のぞ》き、あなたは思わず呻《うめ》く。

そこに映っていたのは、まぎれもなく例の禿頭《とくとう》だった。特徴的な体形といい頭のかたちといい、見誤りようがない。

「まさか、だよな？」

すがるように係長が見上げてくる。

「昨日、あいつ、『おまえらも殺す。殺すからな』ってわめいてたけど……まさか、ほんとに来たりしないよな？　なあ、おい。おいって。おまえ、なんとか言えよ」

「え、……え、あ」

一瞬で干上がった舌を、あなたは懸命に動かす。

「な、ない……ですよ。そんな、あり得ません。だってあいつ、おれたちのこと、なにも知らないじゃないですか。おれたちの素性を知らないのに、そんな、追ってきようがないでしょう」

「だよなあ」

係長はほっとうなずいた。だがその顔が、瞬時に真っ白くなる。

「しまった」

「な、なんです。どうしました」

「名刺交換、した」

係長の声は裏返り、かすれていた。

「に、ニーナちゃんが名刺くれたんで、いつもの癖で。取引先にするみたいに、つい交換しちまった。泡姫から名刺なんて滅多にもらえないから、あ、アガっちゃって。テンション爆上がりで。ど、どうしよう。あの名刺にはおれの名前だけじゃなく、会社名も役職も電話番号も」

「落ちついてください」

パニックになりかけた係長を、あなたは押しとどめる。

「大丈夫です係長、大丈夫。常識で考えてください。確かにあいつはニーナちゃん、いやワタナベカナさん？　ナナさんだったかな？　とにかく、その人のストーカーでした。つまり彼女が殺意の本命だったんです。彼女に比べたらおれたちなんて、ただの行きずりの通行人に過ぎません」

早口でまくしたてた。

「彼女は風俗嬢でした。しかも売れっ子でした。客の名刺なんて、何百枚も持っていたでしょう。その中から係長の名刺だけピンポイントで選り分けるなんて、超能力者でもない限り不可能です。それに日本の警察は優秀です。指名手配されたからには、きっと今日じゅうに捕まります。あれだけ見た目に特徴ある男が、通報されずに逃げおおせるはずがありません。そうでしょう係長、そうですよね？」

なかば以上、自分に言い聞かせた言葉だった。

「うん、うん。そ、そそそうだな」

係長はいまや、両手であなたの前腕を摑《つか》んでいる。

そうしないと立っていられないのだ。全身は瘧《おこり》のごとく震え、唇は紫いろだった。

「よし。おれは早退する」

震えながらも、決然と係長は言う。

「気分が悪い。吐きそうだ。……今日はもう、仕事になりそうにない。じゃあな。おまえ、あとのことは頼んだぞ」

だが翌日、カトウ係長は出社しなかった。

どうも様子が変だ、という噂のおまけ付きでだ。その噂はまたたく間に広がった。

詳細を、あなたは総務課の同期から聞く。

「おまえんとこの係長、独身で実家住まいだろ？　今朝、お母さんが総務《うち》に電話してきてさ。昨日『これから早退する』と電話があったっきり、帰らなかったらしい。スマホに何度かけても繋《つな》がらないんだとさ。『行方不明者届を出しましたので、もし警察から連絡がありましたらご対応お願いします。ご迷惑をおかけします……』って、電話口ですげえ謝られちゃったよ」

薄笑いを浮かべて言う同期を、あなたは呆然《ぼうぜん》と見かえす。

同期はつづける。

「ま、どうせ変な呼びこみに引っかかって、ぼったくられて朝まで帰してもらえなかったんだろ。あの人の風俗好きは有名だもんな。お母さんも心配なのはわかるけど、そこはそっとしといてやれって思うよなあ。会社にまで電話してきて、騒ぎたてて……。公開処刑だぜこんなの。ははは」

「ははは」

あなたは乾いた声で笑う。

——まさか。

まさかと思いたい。思いたいが、でも。

でも現実に、タナカヒロアキはまだ捕まっていない。指名手配中のままだ。

「逮捕された」の一報聞きたさに、あなたは昨日夜更かしした。しかし朗報は聞けずじまいだった。あの禿頭の男は、いまもお縄にかかっていない。

——だとしても、おれは関係ない。

あなたは口中でつぶやく。

だっておれはニーナとかいう子と、なにもしていない。店に足を踏み入れてすらいない。指一本触れていない。完全なる部外者だ。無関係だ。あの禿頭に恨まれる覚えは、なにひとつない。

そう幾度も言い聞かせた。

しかし昏《くら》い恐怖は、やはり去ってくれなかった。

うるさい係長がいないこともあり、その日のあなたは定時にタイムカードを押して退勤した。

会社を一歩出る。あたりを見まわす。

五月の午後六時は、まだまだ明るい。街灯も点《とも》ってはいない。陽は西に傾き、空がオレンジに染まりつつあるが、日没までには充分な時間がある。

――よし、うん。いないな。

禿頭の男が周囲にいないことを視認して、あなたは歩きだす。

あなたが住むアパートは、会社から徒歩七分の距離にある。あなたは朝が弱く、電車も嫌いだ。通勤に時間をかけたくないので、会社からなるべく近いアパートを借りた。家賃はすこし高めだが、あなたは後悔していない。

横断歩道を渡るべく赤信号で立ちどまった。その刹那《せつな》。

あなたはうなじに吐息を感じる。

なまぐさく、なまあたたかい吐息だ。自分と同じくらいの身長の誰かが吐く息だ。

そう気づいた瞬間、あなたの全身からすうっと血の気が引く。

まさか、の思いは、もはや湧いてこない。

あなたはむしろ、

――やっぱり。

と思う。

やっぱり。こうなると思っていた。すでに覚悟していた――と。振りかえりたい。だが振りかえる勇気はない。振りむいた先にあの男の顔を見たなら、あなたは失禁してしまいそうだ。

だってうなじに感じる息が、あまりに近い。彼が至近距離にいることが、まざまざと感じとれる。体温と気配でわかる。

信号が青に変わった。

あなたは弾《はじ》かれたようにダッシュする。

あなたは中学高校と、テニス部のレギュラーだった。運動神経がよかった。革靴のハンデを差し引いても、平均的男性より速い自信がある。

――体形からして、あいつは鈍足のはずだ。

駆けながらあなたは思う。

――どう見たって、おれより二十キロ以上重い。

ならば走って撒《ま》いてしまえばいい。

男が追ってくる気配を感じながらも、あなたは人込みにまぎれるべく、商店街へと走りこむ。

午後六時台の商店街は、混雑のピークだ。

部活帰りの中高生。スーパーへ向かう主婦。定時帰りの会社員。帰宅ラッシュの時間帯であり、惣菜《そうざい》や寿司《すし》に半額シールが貼られだす時刻でもある。人波を縫って、あなたはじぐざぐに走る。

どれほど走っただろう、十分か、二十分か。

あなたは撒いたと確信する。

男の視線を、背に感じない。誰も追ってこない。肺から安堵《あんど》のため息を絞りだす。乱れた髪をかきあげる。

立ちどまった途端に、どっと汗が湧いてきた。

スーツなのに走ってしまった、といまさらながら後悔する。シャツも下着も、汗でぐっしょりだ。

しかしあなたは、まだ用心を怠らない。誰も追ってこないことを確認しつつ、パチンコ屋に入る。そして席には座らず、裏口からそのまま抜ける。

この裏口は、あまり人に知られていないコースだ。駐車場に面していて、商店街から道二本離れた小路《こうじ》に出ることができる。

――よし、完全に撒いた。

今度こそあなたはほっとする。

同時に「帰宅したら、即一一〇番通報しよう」と決心する。「午後六時過ぎに、商店街でタナカヒロアキを見ました」と必ず言わなくては。

――いや、もしやもう逮捕されているかも？

なにしろ特徴ある風体の男だ。

防犯カメラ映像がテレビで流されたことだし、商店街にいた誰かに通報された可能性は高い。逮捕済みだから、追ってこられないのかもしれない。

――カトウ係長、大丈夫かな。

ようやく他人を心配する余裕が出てきた。

まさか殺されてはいまい。だがタナカに捕まって殴られ、救急病院に搬送されたという線は充分あり得る。

ついでにしばらく休職してくれたらな、と考え、あなたはふっと笑う。

――さて、コンビニでも寄って帰るか。

商店街に戻る気はしなかった。

念には念を入れ、いつも行かないコンビニに入って、遠まわりして帰ろう。大通りはなるべく避け、細い私道を通らせてもらおう。

『侵入禁止』と看板の立つ道を「すみません。今日だけ」とつぶやきつつ、早足で通り抜ける。左右をきょろきょろ見まわし、素早く角を曲がる。

コンビニの看板があった。

一応ガラス越しに店内を確認してから、あなたは中に入る。

買い物籠《かご》を持ち、唐揚げ弁当、柿ピー、度数の高い缶チューハイと入れていく。すこし考えて、胃腸薬の小瓶も入れた。今夜は解放感で飲みすぎてしまいそうだ。

レジで金を払い、自動ドアをくぐった瞬間。

「え、ちょっと」

「なにっ」

背中で悲鳴がした。女性客と店員の声だ。なにかが倒れ、割れる音がする。あなたの肌が、一瞬にしてざあっと粟立《あわだ》つ。

うなじに吐息を感じた。

——おいおいおいおい、嘘だろ。

あなたは振りむかない。そのまま駆けだす。前につんのめるように、脱兎のごとく走りだす。

——いつの間に、店内に。

迫ってくる足音を感じた。

しかし、一瞬だった。すぐに引き離せた。

やっぱりおれのほうが足が速いんだ。あなたは再確認する。しかし油断はできない。永遠に走りつづけてはいられない。

次の瞬間、あなたは幸運を悟る。都営バスだ。数メートル先の停留所にバスが停まっている。前部ドアを開け、いましも客が乗りこんでいくところだ。

あなたはバスに駆けこむ。タラップをのぼる。運転手のすぐ後ろまで行き、吊り革《つかわ》を握る。

――早く閉めろ。

ドアを早く閉めろ。タナカが追ってくる前に、早く。頼む頼む頼む頼む頼む。閉めてくれ。早く。

祈りが通じたのか、ぷしゅう、と音をたてて前部ドアが閉まる。

あなたの全身から力が抜ける。膝《ひざ》がかくりと折れ、慌てて吊り革を摑《つか》みなおす。

買ったばかりの弁当やチューハイを、どこかに振り捨ててきたことにあなたは気付く。でも惜しくはなかった。逃げおおせただけで充分だ。

あなたは四区間乗り、終点の駅で降りた。

――ひとまず、トイレ。

そう思った。

尿意はない。だが全身、汗でべたべただ。手と顔だけでも洗いたかった。頭皮にべったり髪が張りついていると感じる。自分で自分が汗くさい。

あなたは駅の男子トイレに入る。

ほかに利用者はいなかった。あなたはまず手を洗う。次に冷たい水で顔を洗う。ばしゃばしゃと思いきり顔に水をかける。気持ちいい。さっぱりして、すこし気分がよくなる。

顔を上げると、鏡にあなた自身が映っていた。

ひどい顔だ。髪は乱れ、顔いろは土気いろである。目が吊りあがり、人相が変わっている。怯《おび》えで引き攣《つ》れた顔だ。

あなたは呆然《ぼうぜん》と己に見入り、それから、ぷっと噴きだす。

「ぷっ……、はは、ははは」

笑いが洩《も》れた。

なにをやっているんだおれは、と思う。

「はは、はははははは」

あのときコンビニで、タナカの姿を見たわけじゃない。ただ悲鳴と、なにかが割れる音を聞いただけだ。

きっと商品を積んだ棚が崩れたとか、その程度のことだったんだ。勘違いに決まっている。枯れ尾花に怯えて、こんなところまで来てしまった。おれはなんて馬鹿なんだ。

——早く帰ろう。

洗面台に左手を突き、右手で髪をなおした刹那《せつな》。

鏡に映ったあなたの背後に、影がさす。

誰か近づいてくる。鏡越しにシルエットが見える。脂肪と筋肉で押し固めたような体形だ。そして、特徴ある禿頭《とくとう》――。

「ぎゃあああっ」

あなたは悲鳴を上げる。そして走る。

だが出入り口には逃げられない。その方向にはタナカがいる。あなたは便所の一番奥の個室に逃げこみ、鍵《かぎ》をかける。

――なぜ。

なぜだ。なぜあの男がここに。そう考えてから、バスに乗るところを見られたんだ、とすぐ悟る。

終点が駅なんだから、駅で降りることは誰だって予想できる。野郎、タクシーかなにかで追ってきたんだ。

個室になんか逃げ込むんじゃなかった。あらためて悔やんだ。

鍵こそかけたが、トイレの個室は上からも下からもまる見えだ。こんなドア、タナカの体形なら蹴破《けやぶ》れる。第一、ここに入るところを見られた。万事休すだ。引きずり出されて終わりだ。

どぉん、と腹に響くような音がした。

「ひっ」

あなたは身をすくませる。タナカが、外から個室のドアを蹴《け》ったのだ。しかしあなたがいる個室のドアではない。逆側の端のドアだ。

どぉん、と再度音がする。さっきより近い。近づいている。個室のドア——中に誰もいない半びらきのドアを、順に蹴っているらしい。

どぉん。また音がする。近づいている。

——なぜすぐに、おれがいる個室を蹴らないんだ。

ほかに利用者はない。閉まっているのはここだけだ。なによりやつは、おれがここに逃げ込むのを見たはずだ。

なぶられている——。そう感じた。

やつは猫が鼠をなぶるように、おれをたっぷり怖がらせ、怯えさせて楽しんでいる。

でも、なぜだ。

おれはなにもしてない。ニーナとかいう女に指一本触れていないし、タナカを挑発もしなかった。むしろ係長を止め、諌《いさ》めた。タナカに恨まれる覚えは、なにひとつないのに。

——なのに、なぜ。

どぉん、どぉん。

すぐ横の個室を、タナカが二度蹴ったのがわかった。空気がびりびり震えた。おかしくなりそうだった。

謝ったら許してもらえないだろうか。あなたは思う。このトイレの床に土下座して、誠心誠意謝ったら、許してもらえないだろうか。

なんでもする。金ならやる。係長の情報も売る。なんなら、数日かくまってやってもいい。逃走資金として有り金全部渡して、警察の手の届かないどこかを探して手配してやる。だから。

――だから、もう許してくれ。

あなたは両手で耳をふさぐ。身がまえる。

さあ、もうすぐ蹴られるぞ、と奥歯を噛《か》みしめる。ドアが蹴破られることを覚悟する。

脳裏に、母の顔が浮かぶ。次に父が、友人が、そしてサユミの笑顔が浮かぶ。

一発で済みますように。あなたは願う。殴られ蹴られて、脳挫傷《のうざしょう》で昏睡《こんすい》なんて御免だ。頼む、思いきり一発殴るだけで勘弁してくれ。頼む――。

足音が近づいてくる。

ぺたり、ぺたりとタイルを踏む音だ。

足音が止まった。

ドアの下の隙間から、やつの足が覗《のぞ》く。雪駄《せった》を履いた足だった。確かに昨夜見た雪駄である。龍《りゅう》と月が描いてある。

あなたは、股間《こかん》がなまぬるく濡《ぬ》れるのを感じる。

激しい己の動悸《どうき》を聞く。耳もとでどくどく跳ねる動悸だ。あなたは無意識に指を組み、祈るかのような姿勢になる。

――サユミ――。

思わず彼女の名を呼んだとき。

ふいに、雪駄履きの足がきびすを返した。

あなたは聞く。すこしずつ遠ざかっていく足音を聞く。ぺたぺたと湿ったタイルを踏みしめ、タナカヒロアキが離れていく。

しん、と静寂が落ちた。

あなたはもう立っていられない。その場にしゃがみこむ。ドアにすがるようにしてずるずると崩れ、床に尻《しり》を突く。

汚水で濡れた床だが、汚いとすら感じない。そんなことはどうだっていい。

「は、……はは、ははは」

笑いが洩《も》れた。と同時に、涙が溢《あふ》れた。洟《はな》とよだれも出た。顔じゅうの穴が弛緩《しかん》していた。手足に力が入らない。

──助かった、のか？

「はは、ははは……あははは」

ひとしきり笑ってから、あなたはよろよろと立ちあがる。

まだ顔は弛緩している。奇妙な薄ら笑いが張りついている。笑ったまま、あなたはドアを薄く開ける。

小便器の前に、中年の男が立っていた。視界の中にはその男だけだ。タナカはいない。男の放尿の音が響く。タナカの姿は、影もかたちもない。

あなたは個室を出て、壁にすがるようにして歩く。すがりながらトイレを出る。まだ顔は、笑っている。

──助かった。

タナカはすんでのところで正気に返ったらしい。いや、最初からおれをどうこうする気はなかったのか。脅しただけか。

そりゃそうだ。そうだよな。だっておれは、タナカになにもしていない。ニーナちゃんとだって接触ひとつなかった。彼女の顔すら知らない。

──帰れる。

これで帰れる。口中でつぶやいた。よし、バスに乗ろう。乗ってすぐ帰ろう。今日はもう、くたくただ。ひさしぶりに浴槽に湯を溜《た》めて、熱い風呂《ふろ》に入ろう。

そう決心した瞬間。

「きゃあっ」

女性の悲鳴が湧いた。あなたは無言で飛びあがる。

雑踏の向こうから聞こえた悲鳴だった。そのさらに奥で誰かがわめいている。怒号だ。男のわめき声だ。女性の悲鳴があちこちで上がる。怒号が近づいてくる。

「うわあああああ、あああ」

「きゃあっ」

「痛っ」

「うあああああああ」

「誰かあ」

タナカだ、とあなたは思う。

タナカに決まっている。理性のかけらもない怒声だ。群衆の中で、あんな声で叫ぶのはやつしかいない。

あなたは改札に走る。さっきバスで逃げたように、今度は電車で逃げようとする。しかしあなたは普段、電車に乗らない。スマホにSuicaアプリを入れていない。あなたは券売機に走る。

手が震えて、小銭を摑《つか》めない。やっと摑んでも投入口にうまく入れられない。歯がかちかち鳴る。死ぬ、と思う。おれは死ぬ。きっと恐怖で死ぬ。

ようやく出てきた切符を摑み、あなたは走る。

背中越しに怒号が聞こえる。あなたは改札を抜け、階段を駆けのぼる。ホームめざして二段飛ばしで駆けあがる。

三番線に電車が停まっていた。戸が閉まりかけている。間に合わない。だが諦《あきら》めず、あなたは走る。

閉まる寸前、右足をこじ入れた。足が挟まれ、痛みにあなたは唸《うな》る。

――このまま電車が走りだしたら、どうしよう。

一瞬焦るが、ドアはすぐに開いた。あなたは中に転がりこむ。乗客が目をまるくして見ているが、気にならない。

ドアが閉まるのを確認し、あなたは床に四《よ》つん這《ば》いのまま、ガッツポーズを取る。

――勝った。

あなたは笑う。

笑いがこらえきれない。勝った、と思う。

そう、おれは勝った。あいつを出しぬいた。やったぞ。タナカの思惑は、なにひとつわからない。だが今日のところはおれの勝ちだ。やってやった。

あなたは立ちあがる。

ようやく人目が気になりはじめ、そそくさと別の車両へ移る。

比較的すいている車両で、あなたはスマホを取りだす。ポータルサイトからニュースを観たが、やはりタナカの逮捕は報じられていない。

——今夜は、ビジネスホテルに泊まろう。

あなたは決心する。

会社からもアパートからも遠い、まるで縁のない区のホテルに泊まるのだ。

——もしあいつが係長を襲ったなら、荷物も奪ったはずだ。スマホの中だって見ただろう。

あなたは係長に、電話番号とLINEしか知られていない。アパートの住所などの個人情報は、係長のスマホからは得られないはずだ。

だが万が一のことがある。あいつの執念なら、SNSの情報をたどってアパートの位置を割りだすくらいやりそうだ。

六区間乗って、あなたはようやく降りる。

電車内からネット予約しておいたホテルに、スムーズにチェックインする。予約に使った姓名は、むろん偽名だ。金さえ払えば文句は言われまい。

先払いだったので、現金で払った。カードキイを受けとる際には、

「もし問い合わせがあっても、おれがここにいるとは言わないでください」

とフロントに千円札を一枚握らせた。

部屋は七階だった。ごく普通のシングルルームだ。

部屋に入るやいなや、あなたは汗と尿で汚れた衣類一式を脱ぎ捨てる。そのままユニットバスルームに飛びこみ、頭からシャワーを浴びる。

全身を洗いながら、あなたはぼんやり今日の記憶を反芻《はんすう》した。

意識が浮遊している。まるで現実感がない。いったん恐怖が引いてしまえば、すべてが嘘のように感じられた。

だが指さきがまだ震えていた。そのこまかな震えが、恐怖の名残りをはっきりと物語っていた。

――朝までに逮捕の報がなかったら、明日は欠勤しよう。

そう思った。

就職してたった一箇月での欠勤は避けたい。だがこの際、しょうがない。己の身の安全には代えられない。

――総務の同期に、LINEしておくか。

ああそうだ、サユミにもだ。彼女はたまに、抜き打ちで訪ねてくることがある。心配させたくないから、残業だとでも言っておこう。

スマホを手に取る前に、ぐうと腹が鳴った。

急に空腹を自覚する。そういえば昼食を食べたっきりだ。喉《のど》もからからだ。内線でフロントに訊《き》くと、ルームサービスはないそうだった。自動販売機も四階にしかないという。ドリンク、カップラーメン、スナック菓子などの販売機だ。外食する気になれず、あなたは自動販売機を選ぶ。床に散乱した衣服を、ちらりと見やる。

汗まみれの衣服をふたたび着たくはない。しかし、バスローブのまま出るわけにもいかない。しぶしぶ湿ったシャツとズボンを着け、カードキイを持って出る。

約十分後、あなたは缶ビール、カップ焼きそば、スナック菓子の袋を抱えて、無事に部屋へ戻る。

テレビを点《つ》けると、バラエティ番組の笑い声がわっと響いた。

その笑い声に、あなたはほっとする。ようやく日常に戻った気分になれる。

電気ポットで湯を沸かし、カップ焼きそばを作って啜《すす》った。食べ慣れた味が、さらに安堵感《あんどかん》を増してくれた。

缶ビールを開ける。スナック菓子をつまみに、バラエティ番組に見入る。

「うわ、くだらねー」

「なに言ってんだか、ははは……」

小声で突っ込みを入れながら、最後まで観た。

あなたは二本目のビールを開ける。

何本かのCMを経て、夜のニュースがはじまった。

「……の山林から、遺体が見つかりました。遺体の身元は所持品などから、昨日から行方不明だった会社員のカトウカズヤさん四十二歳と判明……」

あなたの手から缶が落ちる。

ビールがこぼれてカーペットに染みを広げていく。

だが、あなたは気づかない。両の目はテレビ画面に吸い寄せられている。

――カトウカズヤ、だって？

係長の名だ。

四十二歳。間違いない。

「……捜査関係者によりますと、今日午後六時半ごろ、山林の持ち主が遺体を発見し、通報したとのことです。カトウさんの家族は、昨日から行方不明者届を出していました。警視庁は事件性ありと見て、殺人も視野に入れ捜査する方針……」

あなたは動けない。

ニュースが終わり、CMに切り替わってもまだ動けない。

全身の血が凍りついたようだ。どこかで、ひゅうひゅうと不快な音が鳴っている。

それが自分の呼吸音だと、しばらくして気づく。

——係長が。

遺体。通報。警視庁。事件性。殺人も視野。

自分には、縁遠い単語ばかりだ。意味が呑《の》みこめない。うまく咀嚼《そしゃく》できず、理解が及ばない。

わかったのは「係長が死んだ」という事実だけだ。

死んだ。山林に遺棄された。昨夜は帰らず、遺体で発見された——。

あなたはスマホを手に取ろうとする。

総務の同期にLINEしなければ、と思う。

なにか情報を知っているかもしれない。なんでもいいから知りたい。だが手が震えて、うまく文字を打てない。

しかたなく電話に切り替えた。しかし、同期は出なかった。

留守電の応答メッセージが流れだす。

「ピーッと鳴りましたら、お名前とご用件をお話しください」

「お、おれだ。ニュース、観たか？　あれってうちの係長かな。なな、なにか知ってたら、教えてくれ。何時になってもいい。電話くれ。待ってる」

あなたは通話を切る。

寒い。室内の空調は完璧《かんぺき》なはずなのに、寒くてしかたない。歯の根が合わず、鳥肌がびっしり全身を覆っている。

電話が鳴った。

あなたはびくっと飛びあがる。同期からの折りかえしだ、と思う。

しかし違った。表示されている登録名は『サユミ』だった。あなたは画面をフリックする。咳払《せきばら》いして声を整えてから応答する。

「もしもし、サユミ？」

だが、返ってくる声はない。

「もしかして、うち来た？　ごめん、残業でまだ帰れないんだ」

「………………」

「怒ってる？　ごめんって。ほしがってた『グラスタ』のアイテムあげるからさ。……サユミ、おい？　サユミ？」

あなたの背を、いやな予感が駆けのぼる。

「サユミ？　サユミって」

電話の向こうから、なにか吐息のようなものが聞こえた。声にならぬ声だ。喉から絞りだしたような息だった。あなたの胃が、不安でざわりと波立つ。

「サユミ！　おい、返事しろよ、サユミ！」

あなたの声はもはや、悲鳴に近い。

嘘だろう。あなたは思う。

──まさかそんな。嘘だろう。

だってカトウ係長は、サユミの情報を持っていなかった。係長のスマホから、サユミの家を知ることはあり得ない。

──あり得ないのに。

だが頭の片隅で、もう一人のあなたが笑う。

いまさらなにを言ってるんだ？　いまのこの状況が、すでに充分あり得ないじゃないか。

おれたちはな、あいつに〝捕まった〟んだ。

あのタナカとかいう男に、捕まった。

係長は、とうにやつの手に落ちていた。ニーナもそうだ。おれも、いやおれたちも、すぐにそうなるんだ。

あの男は普通じゃない。普通じゃないことは最初からわかってた。あの男のあの眼に睨《にら》まれた瞬間、おれたちは終わったんだ──。

「サユミ！」

あなたは電話口で絶叫する。

ああ、とかすかな声が聞こえた。サユミだった。いとしい彼女の声だ。あなたにはわかった。聞き間違うはずもなかった。

それは、断末魔の吐息だった。

サユミの命が、いままさに消えようとしていた。

だがあなたにはなにもできない。駆けつけて彼女を救うことも、タナカを止めることもかなわない。電話越しに、その呼吸をただ聞くしかない。

「やめろ！」

あなたは叫ぶ。両目から落ちた塩辛いものが、口に流れこんでくる。力なくあなたはあえぐ。

「サユミにだけは、なにもするな……。頼む。やめてくれ。お願いだ」

お願いだ――。

だがやはり、電話から返ってくる声はない。

あなたの脳裏を、走馬灯が駆けめぐる。はじめて会った日のサユミ。高校の制服姿のサユミ。最後に会ったときのサユミ。

初デートは買い物だった。部活用のシューズがほしいからアドバイスをくれと言われ、いっしょにスポーツショップに行った。

付き合って半年ほど経ってから「あんなの、ただの口実だよ」と白状された。「二人きりで会いたかっただけ」と。

サユミの父親と、あなたの父は同業だ。ただし向こうのほうが立場は上で、元請けに当たる。「大事にしろよ」と父に何度も言われた。冗談めかして「お嬢さまに、粗相のないようにな」とも釘《くぎ》を刺された。

そのたびあなたは「わかってるよ」と答えた。よくわかっている。いや、わかっていた。そのはずだった――。

「……、さ、」

気づけば電話の向こうは、静まりかえっていた。

「さゆ、み……――」

ただの静寂ではなかった。

無だった。

呼吸音さえない、ただひたすらな無。

生の気配のない、どこまでも平らかな静寂がそこにあった。

あなたは絶叫した。

サユミがもう、この世にいないとわかった。二度と取り戻せないことが伝わってきた。ひりひりと皮膚で感じた。知りたくない真実だった。

あなたは部屋を飛び出た。

無我夢中だった。エレベータは待てず、階段を駆けおりた。七階だが、遠いとも感じなかった。アドレナリンが脳を浸していた。

フロントの前を突っ切り、外に一歩出て、あなたは叫んだ。

「殺せ！」

どこかにあいつがいる――。そう感じた。

どこかにいて、いまこの瞬間も、物陰からおれを見ている。

「殺せ。いっそ、おれも殺してくれ」

慟哭《どうこく》を放った。

通行《みち》ゆく人びとが、ぎょっとした顔であなたを見ている。怖いものを見たように大きく迂回《うかい》していく。

あなたはその場に膝《ひざ》を突き、すすり泣く。

「なぜ、殺してくれないんだ。なぜ彼女でなく、おれを殺《や》らなかった」

本心だった。

「サユミといっしょに、逝かせてくれ。頼む」

だがタナカは現れなかった。

やつがあなたを殺しに来ることはなかった。

夜空の月だけが、冷ややかにあなたを見下ろしていた。

それから、どれほど経ったのか。

あなたはふらふらとホテルの中に戻った。

カードキイは自動販売機を使ったとき、ズボンの尻《しり》ポケットに入れたままだ。それを使ってエレベータに乗った。

エレベータが七階で止まる。扉が開く。

幽霊のような足どりであなたは部屋まで歩き——そして、瞠目《どうもく》した。

ドアの前に、なにかが落ちていた。

あなたは崩れ落ちた。

そしてふたたび絶叫した。

それは『グラスタ』のスマホリングだった。

あなたとサユミが、数箇月前に色違いで買ったものだ。あなたがグリーン。サユミがホワイト。ホワイトのリングが、これ見よがしにドアの前に落ちていた。

あなたは泣く。身をよじり、声をふり絞って泣く。

もう二度と、立ちあがれる気がしなかった。

ほかの客から苦情が入って、ホテルの従業員が駆けつけたそのときも、あなたは廊下の床に突っ伏し、啼泣《ていきゅう》しつづけていた。

＊＊

あなたは会社を辞めた。

というより、働けなくなった。

いまは実家に戻り、心身を休めながら精神科で投薬治療を受けている。

あれからほどなくして、タナカヒロアキは遺体で見つかった。『ピンキーピンク』から約四十キロ離れた林で、彼は枝にロープをかけ縊死《いし》していた。あきらかに自殺であった。

検視結果では、死亡推定時刻はニーナことワタナベナナを殺害した数時間後、と判明したらしい。

――ではおれを追っていたのは、誰だ？

自室で膝を抱えながら、あなたはひとりつぶやく。

おれを追ってきたのは、誰なんだ？

問うても問うても答えのでない質問だった。

あなたはサユミの葬儀に出席できなかった。遺族に拒否されたからだ。わざわざあなたの実家を訪れたサユミの親から、「来ないでほしい」と直接言いわたされた。

サユミの遺体を発見したのは、彼女の両親だった。

死因は窒息死だ。アパートの沓脱《くつぬぎ》に倒れており、ドアノブにタオルがひっかかっていた。玄関は無施錠だったという。

「ドアノブにタオルをかけ、みずから縊死した」ようにも、「誰かに絞殺された」ようにも見える死にざまだった。結局、警察は前者の説を取った。

サユミの母いわく、サユミは死の間際に実家に電話をかけてきたらしい。

電話口でサユミは、あなたの名を連呼していたそうだ。

親の呼びかけにはいっさい返答せず、ただあなたの名だけを繰りかえし、そのまま通話が切れたという。

両親が慌てて駆けつけたときは、すでに遅かった。

「死亡推定時刻からして、電話の直後にあの子は首を絞められたようです」

サユミの母の顔は、能面さながらだった。

「事情はわかりません。いまさら知りたいとも思いません。けれど、あなたがたご一家は、葬儀には来ないでいただきたいのです。ならびに今後いっさいのお付き合いを、お断りいたします」

あなたはそれに従った。従うほかなかった。

だからあなたは、サユミに最後のお別れをするどころか、霊前に線香一本上げられていない。

カトウ係長の続報については、同期から聞いた。検死解剖の結果、事件性なしとして処理されたという。それ以上のことはわからない。警察が明かさないからだ。

係長の後釜《あとがま》には、主任が昇進して就いたらしい。主任はあなたと同じ私立大学のＯＢだ。最初から主任が上司だったなら、きっとあなたは問題なくのびのび働けていただろう。あの気まずい飲み会も、吉原の夜もなかったに違いない。

――おれを追ってきたのは、誰だったんだ？

あなたはいま、家からほぼ出られない。医者へも、親が引きずるようにして連れていかないといけない。家から、いや部屋から出るのが怖くてたまらない。入浴も洗顔もできない。トイレにすら行けない。最近は、ペットボトルとバケツに排泄《はいせつ》している。

――あの日、おれはいったい、なにに追われていた？

いま思えば、追われていた間、あなたは一度もタナカの顔を見ていない。タナカらしきシルエットを鏡越しに見、雪駄《せった》履きの足を見たが、それだけだ。あなたがタナカだと思いこんだだけだ。

——係長はなぜ死んだ？

——サユミは、誰に殺された？

知りたいと思う。

反面、どうでもいいと思う。

思えば、こうなる運命だった気がする。

いやそもそも、いままでの二十二年間すべてが夢だったのかもしれない。

誰もがうらやむ可愛い彼女？　家族ぐるみの順調な交際？　志望大学にストレート合格？　運動神経がよく、成績も見た目もそこそこの、順風満帆な半生？

できすぎだった。あなたなどには、できすぎの人生だった。

なにもかも夢で、なにもかも空想の産物ではなかったのか？　あなたには、そう思えてならない。

だが、ただひとつ確かなものがある。

あなたはいま、うなじになまぐさい息を感じる。

貴志祐介

猫のいる風景

1959年大阪府生まれ。京都大学経済学部卒。96年「ISOLA」が第3回日本ホラー小説大賞長編賞佳作となり、『十三番目の人格《ペルソナ》ISOLA』と改題して角川ホラー文庫より刊行される。翌年、『黒い家』で第4回日本ホラー小説大賞を受賞、同書は130万部を超えるベストセラーとなる。2005年『硝子《ガラス》のハンマー』で第58回日本推理作家協会賞（長編及び連作短編集部門）、08年『新世界より』で第29回日本SF大賞、10年『悪の教典』で第1回山田風太郎賞を受賞。ほかに『クリムゾンの迷宮』『青の炎』『兎は薄氷に駆ける』『さかさ星』など著書多数。

1

「わあ、可愛い！」

増山翠《ますやまみどり》は、二匹の猫を見るなり目を輝かせて、さっそく絨毯《じゆうたん》の上にぺたりと腰を下ろす。知らなかったが、かなりの猫好きらしく、姿勢を低くしながら、ゆっくりと瞬《まばた》きをしている。お近づきになろうとしているようだった。

「二匹とも、ちょっと性格に難があるから。引っ掻《か》かれないよう気をつけて」

篠崎朋彦《しのざきともひこ》は、腕を輪《カフ》に通してグリップを握るロフストランド杖《つえ》を、専用ホルダーに掛けた。屋内で使うシンプルな四点杖に持ち替えて、リビング・ダイニングに入りながら、姪《めい》に対して注意を喚起する。女子大生とはいえ、見るかぎり行動はまだ子供だし、下手にひっかき傷などこしらえられても困るからだ。

「この子たちって、山猫みたいにワイルドね。毛皮《コート》もモフモフで、めちゃくちゃクールだし。何ていう種類の猫？」

翠は、振り返って訊《たず》ねた。

「ノルウェーの森《ノルウェージャン・フォレスト》キャットだよ」

「そう……。この子たちが」

翠は、息を弾ませて言うと、二匹の猫をじっと見た。最近では特に人気のある猫種だから、猫好きなら知らないはずがないのだが。

「ノルウェージャン・フォレスト・キャットは、一般的にはフレンドリーな性格で知られてるんだけど、あいにく、こいつらは例外でね」

二匹とも、うちに来たばかりの仔猫《こねこ》のときは、とても温和で社交的だったなと思い出す。

「何ていう名前？」

「ビグルとトレーグル。北欧《ほくおう》神話で、女神フレイヤの車を牽《ひ》く二匹の猫の名前にちなんだんだ。後世の作家の命名だけど、ビグルが糖蜜《とうみつ》で、トレーグルが琥珀《こはく》って意味らしい」

「ビグル……！　トレーグル！」

翠は、二匹の名前を呼びながら、手を伸ばして頬の辺りを撫《な》でた。上手な撫で方だったが、見ていて少しハラハラする。特に、ビグルの方は、機嫌が悪いと、いきなり咬《か》み付くことさえあるからだ。

「糖蜜《ビグル》も琥珀《トレーグル》も、たぶん、この目の色から来てるのね。すっごく綺麗《きれい》」

実際は、二匹の猫の虹彩《こうさい》は榛色《はしばみいろ》に近い。ヘーゼルナッツに由来するエキゾチックな色だが、たしか、魔女の目も榛色だと言われている。

「でも、どうして、男の子二人なの？」

翠の質問に、虚を衝《つ》かれる。ほんの少し見ただけで雄だと看破したということは、やはり、よほどの猫好きなのだろうか。

もっとも猫は、雄と雌とではあきらかにサイズが異なる。大型種であるノルウェージャン・フォレスト・キャットでは、大きな雄は9キロ近くまで成長することもあるが、雌はせいぜい5、6キロである。ビグルとトレーグルは、どちらも8、9キロはあるから、常識的に見て、雄だとわかるだろう。

「たまたまだよ。こいつらは、兄弟だから。でも、雄と雌だと、去勢手術が必要になるから、結果的によかったけどね」

「ふーん」

翠は、トレーグルの首のたてがみのような飾り毛を撫でながら、うっとりした声で言う。

「どっちも、立派なリンクス・ティップがあるのね……。かっこいい」

山猫の房毛《リンクス・ティップ》とは、尖《とが》った耳の先端にピンと立っている毛のことで、狩りをするときに空気のそよぎを感じられる感覚毛の一つである。山猫にはふつうだが家猫には稀《まれ》で、メインクーンやノルウェージャン・フォレスト・キャットなど、山猫の血を引くと言われている大型種にしか見られない特徴だった。

そんな言葉まで知っているのなら、翠はやはり、かなりの猫マニアなのだろう。

翠は、リビングに転がっていたレーザーポインターの猫じゃらしを見つけると、手に取り、壁に光を照射する。狩猟本能を呼び覚まされた二匹の猫は、ネズミの形をした光を凝視して、固まった。

ビグルが、目を真円になるまで見開いて、カカカカッという、威嚇するような音を発する。クラッキングだ。獲物を見つけて興奮したときなどに発する音だが、ふつうの猫と比べると、ずっと音が大きくて迫力があるのは、ノルウェージャン・フォレスト・キャットの特徴かもしれない。

「さあ、猫の相手はそのくらいにして、こっちにおいで」

篠崎は、冷蔵庫から炭酸水の瓶を取り出して、栓を抜いた。ダイニングテーブルにバカラのグラスを二個置くと、均等に注ぐ。翠は、猫から目を上げ、じっとその様子を見守っていた。

この娘《こ》も姉によく似た猫顔だなと思う。顔の下半分はほっそりしているが、大きな目には、強い意志の光が見て取れる。

「痛っ……！」

翠は、急に顔をしかめると、トレーグルを撫でていた手をすばやく引っ込めた。まさか、咬まれたのだろうか。篠崎は、思わずテーブルから身を乗り出したが、どうやら、舐《な》められただけのようだった。

猫の舌には糸状乳頭という突起があり、ヤスリのようにザラザラしている。ライオンなどと同じく、本来は骨に付いた肉をこそげ取るためのものらしい。猫同士が親愛の情を示すために舐め合うときは、ちょうどいい毛づくろいになるが、毛皮がなく皮膚が薄い人間にとっては、痛点を刺激されて飛び上がることがある。

「もしかして、血が滲《にじ》んでる？　消毒した方がいいかな？」

「ううん、だいじょうぶ」

翠は、立ち上がって、ダイニングテーブルの席に着いた。

「ふつうの猫よりずっと痛かったんで、びっくりしたけど。……やっぱり、あの子たちって、かなり山猫に近いみたいね」

「バイキングが、トルコから北欧に連れてきた猫の子孫らしいからね」

篠崎は、炭酸水を飲んだが、翠は、ほんの形ばかり口を付けただけだった。

「その、どう言ったらいいかわからないけど、伶美《れみ》ちゃんのことは」

篠崎は、本題に入ろうとしたが、翠は、部屋の中を見回しながら遮る。

「凄《すご》いマンションね。ここって賃貸？」

「いや、分譲だよ」

篠崎は、出鼻をくじかれて、ぶっきらぼうに答える。

「高かったんじゃない？」

「まあね」

この娘は、世間話をしに来たのだろうかと、篠崎は訝《いぶか》った。

「お祖母《ばあ》ちゃんが亡くなったときには、叔父《おじ》さんは、遺産をたくさんもらったんでしょう？　それで買ったの？」

篠崎は、鼻白んだ。

「その程度じゃ、とても無理だよ」

品川《しながわ》駅のすぐそばで、百平米を超える築浅のマンションの価格など、この娘には想像もできないのだろう。

「でもさ、映画なんか撮ったって、そんなに儲《もう》からないでしょう？」

翠は、リビングにも所狭しと置かれている撮影機材を、無遠慮に見回しながら言った。

「そうだな」

「今までに、何か、劇場《こや》にかかった映画ってあるの？」

知ったかぶりの言い回しが、どこか癇《かん》に障る。

「いや、ないよ」

「配信もされていないでしょう？　ＹｏｕＴｕｂｅとか、ＴｉｋＴｏｋとかもやってないし。どんな映画なのか、一度見せてよ」

「まあ、また今度ね」

篠崎は、炭酸水を飲み干した。

「それより、今回のことは」

「叔父さんが、たくさん遺産をもらったのは、その足のせい？」

翠は、ダイニングテーブル越しに、篠崎の不自由な左脚を見下ろすようにした。

「そういう言い方をされると、いくら翠ちゃんでも、あまりいい気持ちはしないな」

篠崎は、さすがに、むっとした。

「ごめんなさい。でも、お母さんのせいで、そうなったんでしょう？」

翠は、たちまち、しゅんとした。幼い頃から篠崎には猫可愛がりされていたから、甘えて、つい無作法になってしまったのだろう。

「姉さんのせいってわけじゃない。……ただ、運が悪かったんだ」

篠崎の脳裏に、思い出したくもなかった光景が浮かんだ。

街灯すらない夜の山道を疾走する軽自動車。姉の倫子《りんこ》は、険しい表情で、必死にハンドルにしがみついている。まだ運転免許を取ったばかりで、今の翠と同じ二十歳前後だった。

ポツポツと雨が降り始め、窓ガラスに水滴が当たる。助手席に座っていた篠崎は、しだいに不安を感じ始めていた。少しスピードを落としてと言おうと思った矢先だった。

左カーブを曲がった瞬間だった。ヘッドライトの光に照らされ一匹の猫が浮かび上がった。近づく車の眩《まぶゆ》いヘッドライトにも無反応で、悠然とこちらを見ている。なぜこんなところにと、思う間もなかった。姉が左に急ハンドルを切ったため、軽自動車は左に横転し、濡《ぬ》れた路面を滑走して崖《がけ》に激突した。

意識を取り戻したのは、病院のベッドの上だった。そして、姉はほぼ無傷であったことと、自分は下半身が完全に麻痺《まひ》しているらしいことを知らされたのだった。

「まあ、とにかく、リハビリのおかげで、何とか歩けるようにはなったから、今は、ほとんど生活には支障がないよ」

篠崎は、明るい表情を作って言った。

「遺産のことは、たしかに、多少の配慮はしてもらったよ。あの時点では、将来歩けるようになるかどうかもわからなかったし」

「やっぱり、そうだったんだ」

翠は、うつむいて何かを考え込んでいるようだった。

「そんなことより、伶美ちゃんのことは辛《つら》かっただろう。僕も、ショックだったよ。まさか、そんなに思い詰めていたなんて思わなかったし」

「思い詰めていた？」

翠は、顔を上げて、まっすぐに篠崎を見つめた。

「お姉ちゃんが何かを悩んでいたって、知ってたの？」

「いや、まさか。もう長い間、会ってなかったし」

篠崎は、内心ヒヤリとしていた。この娘の勘の良さは、侮れない。言葉には、細心の注意を払った方が良さそうだ。

ニャーと鳴いて、トレーグルが翠の足下にやってきた。車用の毛ばたきのような、ふさふさした尻尾《しっぽ》をピンと立てている。翠は、さっき痛い目に遭ったのも忘れたように、優しく背中を撫《な》でてやった。

「『ノルウェーの森』の猫……」

翠は、つぶやいた。

「君も、白ければ、『かもめ』って名前にしてもらえたのにね」

「『かもめ』？」

篠崎は、曖昧《あいまい》な笑みを浮かべて訊《たず》ねる。

「『ノルウェイの森』に出てくる猫の名前。主人公のワタナベが、たまたまやって来た猫に、そういう名前を付けるの」

何だ、と思う。村上春樹《むらかみはるき》の小説の話か。

「あれは、原題は『ノルウェイの森』だけど、英題は『ノルウェージャン・ウッド』だから。この猫は、『ノルウェージャン・フォレスト』キャットだよ」

「日本語で書かれた本なのに、どうして、英題が決まってるわけ？　英語版を出したときに、たまたま、そう訳されただけでしょう？」

翠は、口を尖《とが》らせた。

「たまたまじゃない。明言はされてないけど、『ノルウェイの森』というのは、作中でかかるビートルズの曲のタイトル——『ノルウェーの森《ノルウェージャン・ウッド》』から取られたことは、知ってるだろう？　だから、英題は、最初から『ノルウェージャン・ウッド』以外にはなかったんだ」

「ふーん。でも、『ウッド』も『フォレスト』も、同じような意味でしょう？」

やれやれ、と思う。この娘は、たしか英文科だったはずだが。

「森という意味なら、定冠詞が付くか、『woods』と複数形にする必要がある。ビートルズの『Norwegian Wood』というのは、歌詞を読むとわかるけど、『ノルウェー産の木材』という意味なんだよ。だから、邦題の『ノルウェーの森』というのは、おそらくは意図的だろうが、あきらかな誤訳になる」

「マジで？　材木の歌なの？」

翠は、信じがたいという顔で言う。

「下心のある主人公が、女性の部屋に上がり込み、女性は、ノルウェー産の羽目板か家具を、素晴らしいでしょうと自慢する。主人公は泊まっていくことになり、二人でワインを飲むが、女性は、翌朝仕事があると言って、寝てしまう。それで、主人公は、一人寂しく浴槽で寝る。朝起きたときに、女性の姿はなかった。主人公は、ノルウェー産の羽目板か家具に火をつけ、よく燃えて素晴らしいと歌うんだ」

翠は、眉《まゆ》を顰《ひそ》めた。

「何、それ？　支離滅裂っていうか、その男、完全なサイコじゃん？」

「そこで、そもそも、この歌がなぜ、『ノルウェージャン・ウッド』というタイトルになったのかという謎が生じる」

篠崎は、サイコ説には深入りせずに話を進める。

「ウィキペディアにも載ってるんだが、『Norwegian Wood』というタイトルはフェイクで、本当は『Knowing she would』にしたかったが、低俗すぎるということで、におわすように音を変えたという説があるんだ」

「彼女は、ヤるってわかってたってこと？」

翠は、あけすけに言う。叔父と姪《めい》が交わす会話には、あまりふさわしくない台詞《せりふ》だったが、篠崎は、ニヤリとした。

「ビートルズの曲のタイトルには、そんな言葉遊びが隠れているという噂が絶えないんだよ。『Lucy In The Sky With Diamonds』がLSDを意味しているというのは、かなり疑わしいけどね」

翠は、首を捻《ひね》っていた。

「そういえば、小説の方も、どうしてこんなタイトルなんだろうって思ってたけど」

「村上春樹は英語に堪能《たんのう》だから、当然、『Norwegian Wood』の意味もよく知っていただろう。だから、隠された文章である、『Knowing she would』にも、別の意味を持たせたんじゃないかな」

「『Knowing she would』……ワタナベは、直子《なおこ》が死ぬだろうと知っていたってこと?」

翠は、意外な鋭敏さを見せる。

「まあ、ほとんどこじつけみたいな説だから、話半分に聞いた方がいいけどね」

間違いを聞き過ごせない性分のせいで、つい脱線してしまった。そろそろ本題に戻ろうかと思ったとき、翠が、わけのわからないことを言い出した。

「それがアリなら、『Norwegian Forest』だって、別の文章に変換できると思うんだけど」

篠崎は、ポカンとした。

「どういう意味？」

「『Forest』って、『for rest』と聞こえるでしょう？　だとしたら、『Norwegian Forest』も、『Knowing she's for rest』って」

この娘は、いったい何を言いたいんだ。

「彼女は休息を求めていると、知っていたってこと？」

「あるいは、『死を求めていた』とも解釈できるんじゃない？」

ますます、理解不能だった。たしかに、『rest』には、『死』という意味もあるが、そもそも、猫種の名前に、そんな裏の意味があるわけがない。

おそらく、この娘は、姉の突然の死を受け止められず、不安定になっているに違いない。

「どうしても、そういうことを考えてしまう？」

「そんなふうに、思えてならないから」

翠は、真っ直ぐに篠崎の目を見た。

「お姉ちゃんが死ぬだろうって、誰かは知っていたんじゃないかって」

2

篠崎は、動きを止めた。

「誰かって?」

「わからない。真犯人かも」

「ちょっと、待って。伶美ちゃんは、自死したんだろう?」

動悸《どうき》が速くなった。翠は、いったい何を疑っているのだろうか。

「それは間違いないって、警察の人も言ってた」

今の今まで、自殺したことに疑いは持っていなかったが、その答えにホッとする。

「お姉ちゃんが飛び降りるところは、何人もの人が見ていたし、そばには誰もいなかったって証言してるみたい。だから、突き落とされたとか、そういうことはないらしいけど」

伶美が飛び降りたのは、自宅にほど近い、閑静な商業施設の屋上からだった。しばらくは、じっと下を眺めていたようだが、誰も通っていないことを確認してから、手すりを乗り越えたらしい。

「だったら、真犯人って、何のこと?」

翠は、今度は、足下に身をすり寄せてきたビグルの背中を撫でていた。ふわふわの毛並みを爪で梳《す》くようにしており、細かい抜け毛が宙を漂う。

「たとえば、誰かから、死ぬように強要されたとか？」

篠崎の追及に、翠は、微《かす》かに首を振った。

「お姉ちゃんが、そんなことで死ぬわけがない。絶対、わたしや友達に相談するか、警察か、弁護士に助けを求めると思う」

「じゃあ、何が引っかかってるの？」

翠は、ビグルを抱き上げようとしたが、あまりの重さに断念したようだった。

『何が引っかかってる？』

ビグルを下ろすと、篠崎の言葉をオウム返しする。

『じゃあ、どうして死んだんだろう？』じゃないのね」

篠崎は、言葉に詰まる。今のは、失言だったかもしれない。

「お姉ちゃんは、絶対、誰かから、ひどいことをされたんだと思う。誰にも言えないような、本当にひどいことを」

翠は、暗い声でつぶやいた。

「どうして、そう思うの？」

「だって、遺書もなかったんだよ」

翠の言葉には、抑えようのない怒りが滲《にじ》んでいたが、彼女の思いとは裏腹に、篠崎は安堵《あんど》を覚えていた。遺書がなかったということは、真相に辿《たど》り着く可能性はゼロだということだ。

「書けなかったんだよ。なぜ、死ななきゃならなかったのか。それは、お姉ちゃんにとって、誰にも知られたくないほど恥ずかしいことで、それを知ったわたしたちも苦しむだろうから。……それでも、教えてほしかったけど」

翠は、絶句した。大きな瞳《ひとみ》には涙が光っている。

篠崎は、腕組みをして考える。

すでに引き返せないところまで話を聞いてしまった。ここでやめたら、かえって疑いを招くだろう。行き着くところまで行って、翠がどこまで気づいているか確認すべきかもしれない。それから、予定通りに事を進めればいい。

「こんな事を聞くと、また傷つけることになるかもしれないけど」

篠崎は、慎重に口を開いた。

「伶美ちゃんは、誰かから、性的暴行を受けた可能性があるのかな?」

翠は、一瞬顔を上げたが、またビグルに目を落とす。

「わたしも、そう思った。だから、辛《つら》かったけど、司法解剖で、そのことがあきらかになるんじゃないかって。……だけど、警察の出した結論は、思っていたのとは違ってた」

「じゃあ、暴行の形跡はなかったんだね？」

「少なくとも、目に見えるような傷は、残っていなかったって。『きれいな身体でした』って言われて、ホッとしたけど、でも、喜べなかった」

それは、そうだろう。篠崎は、うなずいた。肉体に傷を付けるようなへまはしない。俺が喰《く》らいたいのは、心なのだから。そして、客もまた、それを求めている。

「だったら、気持ちはわかるけど、思い過ごしだと思うよ。伶美ちゃんは、何らかの理由で、自死を選んだ。今はまだ理由がわからないし、それを受け止めるには、長いプロセスが必要になるだろう。しかし、少なくとも、翠ちゃんが思っていたようなひどい出来事は、なかったとわかったんだから、その点だけは、安心してもいいんじゃないかな？」

翠は、また顔を上げた。傷ついた子供のように、表情を喪《うしな》っている。

「本当に、そう思う？」

「ああ。思うよ」

篠崎は、安心させるように微笑んだ。翠は必ずしも納得したようには見えなかったものの、少し落ち着いたようだった。

もともと、姉の死の動機がわからなかっただけで、確たる根拠があって疑っていたわけではないのだろう。ここは、グズグズせずに計画を先に進めた方が得策かもしれない。

「まだ日も高いけど、ちょっと飲みたい気分になったな。付き合ってくれる?」

翠は、驚いたような顔になる。

「わたし、まだ二十歳になってないから」

「でも、もうすぐ誕生日だろう? 今、十九歳と十ヶ月?」

「そうだけど」

「だったら、だいじょうぶだよ。オリンピックに出場する予定がなければだけど」

翠は、ようやく少しだけ歯を見せた。

「ワインをグラスに一杯ぐらいだったら、平気だって。大学生なんだから、全然飲んだことがないわけじゃないんだろう?」

「それは、まあ」

翠は、飲酒の事実を認めた。もしアルコール不耐症だったら、少し話が面倒になっていたが、計画通りに行きそうだ。

「そこのワインセラーから、どれでも好きなワインを取って」

篠崎は、壁に埋め込まれている大型のワインセラーを指さした。ビンテージ物のワインが、二百本以上適温で保存されている。

翠は、ためらいがちに観音開きのガラス戸を開けた。本当は、こっちで、あまり惜しくない銘柄を選びたかったが、自分で選ばせることが、安心感を抱かせるためには不可欠なのだ。

翠が取り出したボトルを一目見て、篠崎は、思わず頭を抱えたくなった。よりにもよって、シャトー・ラフィット・ロートシルトの2016年を選ぶとは。素晴らしい当たり年であり、これから熟成して、さらに良くなるはずなのに。あらかじめ除外し、隠しておくべきだったと後悔する。

「……いいワインを選んだね。テーブルに置いてくれる?」

篠崎は、平静を装ってそう言い、製氷機から銀製のワイン・クーラーに氷を入れる。

翠は、シャトー・ラフィット・ロートシルトを持って、ダイニングテーブルに向かったが、足の間をトレーグルが擦り抜けたので、躓《つまず》きそうになって、たたらを踏んだ。

篠崎は、あっと叫びかけたが、翠は、ギリギリの地点でバランスを保つ。高価なワインは、かろうじて無事だった。これが割れてしまったら、さらに一本、大切なコレクションを無駄にしなければならない。

「赤ワインは、冷やすとタンニンの渋みが強くなるから、室温で飲むべしという人もいるが、日本の気候では、適度に冷やした方が、キリッとした味わいを楽しめる」

蘊蓄《うんちく》を述べながら、テーブルに、バカラのワイングラスを二つ並べた。

それから、テーブルの天板の下に、すばやく目を走らせる。強力な両面テープで貼り付けた棚の上には、赤ワインを入れた同じバカラのワイングラスが載っており、埃《ほこり》が入らないようにコースターで蓋《ふた》をしてあった。

再びテーブルで差し向かいになると、篠崎は、シャトーラギオールの特注ソムリエナイフを取り出し、シャトー・ラフィット・ロートシルトの金属のキャップシールにナイフでぐるりと切り込みを入れて剝《は》がした。ボトルの口をグラスクロスで拭《ふ》き、コルクの中央にスクリューを刺し、優雅な手つきでソムリエナイフを回転させる。フックを引っかけてコルクを引き上げ、最後はコルクを握って優しく引き抜いた。

このクラスのワインなら、通常はデキャンタに移して、空気に触れさせることで香りと味を開かせるべきだろうが、より手軽にエアレーションを行う器具であるポアラーという注ぎ口をボトルの口に嵌《は》めると、二つのグラスに芳醇《ほうじゅん》な赤い液体を注いだ。ポアラーを通過する間に、ワインが空気と攪拌《かくはん》されるヒヨヒヨという音がした。

二つのグラスを眺めて、篠崎は、心の中で深い溜《た》め息をついていた。ついさっきまでは極上のワインだった深紅色の液体は、この瞬間すでに、絶対に口にしてはならない代物に変じている。

どうしてこのワインを選んだのかと翠を恨みたいような気持ちだったが、まあいいだろう。その分、お楽しみには、たっぷりと時間をかけてやる。

氷の入ったワイン・クーラーにシャトー・ラフィット・ロートシルトのボトルを収めると、グラスの一方を、翠の前に置いた。翠は、どこか緊張した面持ちでグラスを見つめている。

その間に、左手で、もう一つのワイングラスを持ち上げてワイン・クーラーの陰に置くと、蓋をしているコースターを取り去って、隠し棚に戻した。

翠は、相変わらずワイングラスを見つめていたが、いっこうに手を出そうとはしなかった。

「これは、シャトー・ラフィット・ロートシルトの２０１６年といって、最高のシャトーの、本物の当たり年のワインなんだ。……まずは、こうやって、色を見てごらん」

篠崎は、ワイングラスを天井照明に高くかざし、ルビー色に輝いている液体を透かし見た。シャトー・ラフィット・ロートシルトらしい深く典雅な色味で、これが飲めないというのは、返す返すも残念だった。

翠は、篠崎に倣って、ワイングラスをかざし、目を細めて見た。

その瞬間、篠崎は、手にしたワイングラスをワイン・クーラーの陰に置き、その代わりに、あらかじめ用意したダミーのワイングラスを手にする。何十回も練習しただけに、あっという間の早業で、絶対に気づかれない自信があった。

「本当に、綺麗《きれい》な色ね。こんなワイン、見たことない」

翠は、つぶやいた。それは、そうだろう。大学生が簡単に飲めるようなワインではない。

「次は、香りを楽しむんだ」

篠崎は、ワイングラスに鼻を近づけ、中のワインを回しながら、鼻から深く息を吸い込む。

「こうやって嗅《か》ぐと、何十種類もの複雑な匂いが混じり合っているのがわかる」

翠が真似をしている間に、ワイン・クーラーの陰に置いたグラスを左手で取り、天板の下の棚に置く。これで、すり替えは完了だった。テーブルのこちら側を覗《のぞ》き込まれでもしない限り、バレる気づかいはない。

「さあ、乾杯しようか」

後は、薬物入りのワインを翠に飲ませるだけだった。ところが、翠は、なぜかグラスを下に置いてしまう。

「どうしたの?」

「やっぱり、こんなのって、何か変」

翠は、篠崎を睨《にら》むような目で見る。

「お姉ちゃんが死んだっていうのに、まるで、祝杯を挙げてるみたいじゃない?」

「それは、誤解だよ」

篠崎も、いったんグラスを置き、説得に努める。

「ごめん。僕の言葉遣いが間違っていた。もちろん、乾杯じゃなく、献杯と言うべきだった」

すんなり進行していれば、何も考えず、グラスを打ち合わせて乾杯していただろうが。

「これは、伶美ちゃんへの追悼を示すためなんだよ」

だが、それでも、翠はグラスに手を伸ばそうとはせず、何事かを考え込んでいる。

おいおい、勘弁してくれよ。こっちは、とっておきのワインを一本犠牲にしているんだぞ。

「これは、最高のワインなんだ。ぜひ伶美ちゃんの代わりに味わって欲しい。伶美ちゃんも、この繊細でエレガントな味は、絶対に気に入ったはずだから」

翠は、奇妙な表情になり、篠崎をしげしげと見る。

「お姉ちゃんが、このワインを気に入ったはずって、どうしてわかるの？　ひょっとしたら、飲んだことがあるとか？」

一瞬、シャトー・ラフィット・ロートシルトは飲んだことはないと口走りそうになったが、土壇場で踏みとどまった。

「まさか。ただ、気に入ったはずだって想像しただけだよ。伶美ちゃんの繊細なバイオリンの音色には、よく合うだろうっていう気がしたから」

伶美は、バイオリニスト志望だった。中堅クラスの音大では、そこそこの評価を得ていたようだが、そのくらいで世に出られるような甘い世界ではない。名のあるコンクールで受賞し、さらにファンが付くような付加価値があって、初めて勝負になるのだ。

そう考えると、自分の実力の限界を思い知らされて、真の絶望を味わう前に逝《い》ったことは、むしろ幸せだったのかもしれない。

「お姉ちゃんは、ここへ来たことがあるの？」

翠の質問に、内心ぎくりとする。

「いや、ないよ。ここ二年ほどは、いろいろと忙しくて、顔も見てなかったし」

篠崎の説明に、翠は、なぜか押し黙る。

「翠ちゃんに会うんだって、本当に久しぶりだったよね。きっかけが、こんなことでなければよかったんだけど」

翠は、顔を上げた。

「お姉ちゃんは、本当に……ビグル？」

ギョッとしたように目を見開き、篠崎の背後を注視している。篠崎が振り返ると、飾り棚の上段にビグルが蹲《うずくま》っていた。日頃から高い場所に登りたがる癖はあるのだが、まるでこちらに飛びかかるような姿勢を取っている。

ビグルは、目を真円にし、まるで笑っているように口角を上げて、カカカカッという音を発している。クラッキングだ。

ヤク中の馬鹿猫が、何をとち狂ってるんだ。まさか、俺を見て獲物だとでも思ったのか。

篠崎は、立ち上がってビグルを飾り棚から下ろす。ビグルは、何事もなかったかのように、悠然と歩み去って行った。

「それでは、伶美ちゃんに献杯しよう」

篠崎は、この機を逃さずと、ワイングラスを取り上げ、目の前に掲げた。つられたように、翠もワイングラスを手に立ち上がる。

うっかり乾杯なんかをする羽目にならなくて良かったと思う。そもそも、乾杯というのは、互いの酒盃《しゅはい》に毒が入っていないと示すために、勢いよく打ち合わせて中身を混ぜ合わせたのが由来とされている。翠のグラスからは、たとえ微少な飛沫《ひまつ》一滴であっても、こちらのグラスに飛んできてほしくはない。

そんなことを考えながら、しばし黙禱《もくとう》し、篠崎は、グラスを口に運んで一口飲んだ。

ダミーのワインは、さほど高い銘柄ではなかったが、意外に美味《うま》かった。多少の雑味は感じられるが、これは思わぬ掘り出し物だったかもしれない。

翠の方に目をやると、ワイングラスに口を付けている。……やった。飲んだぞ。

篠崎は、内心で快哉《かいさい》を叫んだ。一口では、まだ充分とは言えないが、何とかグラス一杯分を干させることができたら、完璧《かんぺき》だ。多少の個人差はあるにせよ、ほどなく効き目が現れ始めるだろう。

そのときのことを思っただけで、鼓動が早くなった。喉《のど》が渇いて、もう一口ワインを飲む。一秒でも早く撮影機材を用意したいと、気ばかり逸《はや》っている。

おそらく、十分以内には、新しい『生き人形《リビング・ドール》』が誕生するのだから。

3

あの晩の、ほんの一瞬の出来事が、すべてを狂わせた。

今思うと、すべてが悪くできあがっていたようだ。姉の倫子は、運転免許を取得してから、まだ半年だったし、本来は慎重な性格ながら、入院中の母が危篤という連絡を受けてからは、すっかり冷静さを失っていた。

折悪しく、姉弟《きょうだい》で親戚《しんせき》の別荘に遊びに来た直後のことだった。ガンで入院した母の病状が一時的に小康状態になり、気分転換にと誘ってくれたのだが、電話があったのが朝の三時だったことも、最悪のタイミングだったと言えるだろう。大都市圏でなければ、未明にタクシーを呼ぶのは、きわめて難しい。

別荘には山道に強いフルタイム４ＷＤがあったが、あいにく前日から車検に出されており、代車が、今では軽ハイトワゴンなどと呼ばれる車高の高い軽自動車だったことも仇《あだ》となった。しかも、別荘を出た時点では雨は降っていなかったが、蛇行する山道に差し掛かったときに、狙い撃ちのように驟雨《しゅうう》が襲来したのである。

そして、一連の不運の連鎖の中で、とどめとなったのは、およそいるはずのない場所にいた一匹の猫だった。

付近に人家らしきものはなく、猫が、どこからやって来たのか、そんな時間に何をしていたのか、水を嫌う習性があるはずなのに、なぜ雨が降ってきてもその場にとどまっていたのかは、未《いま》だにわからない。ヘッドライトに照らされて突然浮かび上がった猫は、ひどく濡《ぬ》れそぼち、幽鬼のように痩《や》せこけていたが、猛スピードで接近する車を見ながら、逃げる気配も見せず、じっと蹲っていた。

左カーブを曲がってすぐ猫に気づいた姉は、クラクションを鳴らしたが、猫の反応はなく、とっさに、さらに左に急ハンドルを切った。速度を出し過ぎていた軽自動車は、ものの見事に左に横転し、滑走して岩壁に激突した。

篠崎は、潰《つぶ》れた車の残骸《ざんがい》に下半身を挟まれたため、レスキュー隊が到着し、車体をエンジンカッターで切断して助け出されるまでには、かなりの時間を要したらしい。

意識を取り戻した病院のベッドの上で最初に目にしたのは、「ごめんなさい」と言いながら泣き崩れる姉の姿だった。

そのときは、ただ単に事故を起こしたことへの謝罪としか思わなかったのだが、ほどなく、残酷な現実に直面しなくてはならなくなった。

篠崎の下半身は、不随に近い状態だった。立ち上がって歩行することはおろか、両脚ともに、ほとんど動かすことができなかったのだ。

さいわい、脊髄《せきずい》の損傷はかなり軽度だったため、回復の可能性はあるという診断だったが、篠崎は、目の前が真っ暗になるような絶望を味わった。

それでも、毎日懸命にリハビリに励んでいると、しだいに脚の感覚が戻ってきた。そして、元通りとはいかないまでも、ロフストランド杖《つえ》の助けを借りて歩けるようになったのである。排尿や排便に関しても、ほぼ日常生活に問題がないところまでこぎ着けた。

……永遠に喪《うしな》われてしまったのは、たった一つ、男としての能力だけだった。

篠崎は、目を閉じて、まとわりつく思い出を振り払った。翠に不審を抱かせてはならない。

少なくともグラス一杯のワインを干させるまでは、自然な会話を続ける必要がある。

「お姉ちゃんが、どうして死ななきゃならなかったのかって、ずっと考えてた」

翠は、そう言って、喉を潤すためなのか、ワインに口を付けた。

篠崎も、うなずきながら、ミラーリング効果を意識してワインを飲んだ。翠が、その話題に執着したいのなら、とことん付き合ってやろう。

「伶美ちゃんは、何か、悩みとかはなかったのかな？」

翠は、少し考える。

「あったと思う。でも、それで死ぬなんて、考えられない」

「どんな悩みだったの？」

翠は、気持ちを落ち着けようとするように、ワイングラスを口に運んだ。女性は喉《のど》仏《ぼとけ》が目立たないからわかりにくいが、一口嚥下《えんげ》したのがはっきりとわかった。

「音楽留学したいって、ずっと言ってた。師事したい先生がいるって。でも、短期の留学とは違って、本気で勉強するには、いろいろとお金がかかるって」

「なるほど。そうかもしれないね。クラシックの場合、楽器も信じられないくらい高価だし、何かと物入りだって聞いたことがある」

そのことなら、伶美から、嫌というほど聞かされていた。苦労知らずで育った箱入り娘が、おねだりさえすれば何でも与えられると、無邪気に信じていたのだ。

もちろん、世間はそんなに甘くない。金が欲しいのであれば、代償が必要になる。だから、バイオリニストとしてデビューする前に、『生き人形《リビング・ドール》』としてお披露目をさせてやったのだ。本人は、そのことがお気に召さなかったらしく、あっさり『死肉《デッド・ミート》』になることを選んだのは、少々期待外れだったが。

「叔父《おじ》さんには、そんな話はしてなかった？」

「いや。さっきも言ったけど、伶美ちゃんとは、長いこと会ってなかったからね」

篠崎は、動揺を悟られないようにワインを口に含んだ。

つられたように、翠も、ワインを飲んだ。よし。かなり飲んだ。これなら、効いてくるのは時間の問題だろう。身体の変調に気づく前に、グラスの中身を飲み干してほしいのだが。

篠崎は、黙ってボトルをワイン・クーラーから取って、翠のグラスに注ぎ足そうとしたが、翠は、グラスに手で蓋《ふた》をした。

「わたし、強くないから」と、言い訳のようにつぶやく。

そう言うことも、計算通りだった。ボトルの中のワインは、再び無害なものに転じている。篠崎は、自分のグラスに少量のワインを注ぎ足した。これを見れば、ますます疑いは持たないだろう。

「だけど、何だか、少し酔っちゃったみたい」

翠が、切なげな吐息を漏らした。

当然だろう。ワインのアルコール度数は、たった十二パーセント前後に過ぎないとはいえ、精魂込めて作り上げた『生き人形《リビング・ドール》』カクテル入りなのだから。

世にレイプドラッグと呼ばれるものは数多《あまた》存在しているが、どれも薬効は中途半端であり、篠崎が求めるレベルには程遠かった。

頭は空っぽで下半身だけが元気な猿どもにとっては、女性を抗拒不能の状態にできるなら、それで満足だろう。だが、単に獣欲を満たすだけなら獣と変わらない。人と獣を分かつのは、美学の存在であり、究極を求める探究心にほかならない。いっさいの肉体的自由を奪いつつ、意識と感覚は損なわれることがないようにして、被虐的な悦《よろこ》びの神髄を味わわせてやるには、より完璧《かんぺき》なドラッグが不可欠だった。

とはいえ、ゼロから新しい薬品を開発しようと思えば、それこそ莫大《ばくだい》な資金が必要になる。そのため、母親の遺産をつぎ込んで篠崎がチャレンジしたのは、ダークウェブで入手が可能な内服薬のカクテルによって、完璧なレイプドラッグを開発することだった。

中枢性筋弛緩《しかん》剤をベースに、解離性麻酔薬、催眠鎮静薬などを組み合わせて、完璧に身体を麻痺《まひ》させ、意識や感覚は清明に保たれた状態を作り出すのが目標である。最適な組み合わせを発見するためには、辛抱強く、ひたすら人体実験を繰り返すしかなかったが、大半の被験者は、何をされたのかさえ気づいていなかっただろう。

ただ、原因不明ながら命を落としてしまった被験者が一人だけいた。貧しい母子家庭の娘で、ホステスのアルバイトをして学費をまかなっていた女子大生だったが、尊い犠牲として秘《ひそ》かに葬ってやり、君の死は決して無駄にしないと固く誓ったものである。

そうして、苦心の末に完成したのが、『生き人形《リビング・ドール》』カクテルだった。服用した後、六時間は身体が完全に麻痺し仮死状態に見えるが、その間でも意識や感覚はしっかりと残されており、注意深く観察すれば意外な反応を発見できるのだ。

伶美のケースが、まさにその典型だった。

身体が動かなくなり始めたとき、伶美は、何が起きているのか想像もできない様子だった。

「叔父さん。わたし、何だか、変なの」

「どうしたの？」

篠崎は、すっとぼけて訊《たず》ねた。こういうふうに、ギリギリまで会話を楽しめることもまた、『生き人形《リビング・ドール》』カクテルの売りの一つだった。

「……身体が、動かない」

「酔ったのかな。少し、休んだ方がいいかもしれないね」

「でも、そうじゃないかも。ねえ、救急車、呼んでくれる？」

「そうだな。もうちょっと様子を見て、よくならないようだったら、電話してみようそう言いながら、篠崎は、撮影機材のセッティングを始めた。ストロボ、ソフトボックス、定常光ライト、アンブレラ、レフ板などなど。

「ううん、今すぐに、電話して。……何してるの？」

「記念撮影の準備をしてるんだよ。動画と静止画で撮る予定だけど、心配しなくてもいいよ。綺麗《きれい》に撮るからね」

「そんなことしないで。わたし、今本当に、具合が悪いの」

「うん。だいじょうぶだ。僕が付いてる」

「叔父さん……助けて」

「ああ、伶美ちゃんのことは、いつだって、温かく見守っているよ」

篠崎は、血の繋《つな》がった姪《めい》の耳元に、優しく囁《ささや》いた。

「姉さんが、僕のことを温かく見守ってくれたようにね。姉さんは、あんな事故を起こしたというのに、幸せな結婚をして、二人の自慢の娘をもうけた。僕は、結婚もできなくなったが、それでも、姉さんのことは変わらず愛してるし、君たちのことも、本当に、自分の娘のように思っているから」

ようやく自分が置かれている事態を悟《さと》ったときの、目の色の変化が好きでたまらなかった。驚愕《きょうがく》から悟りへ。希望が消え失《う》せて、真っ暗な絶望へと変わるとき、瞳《ひとみ》は一気に輝きを失い、温かい血の流れる人から、ビスクドールのように硬質な人形へと変化する。

玲美がとうとう言葉を発せなくなると、篠崎は、ほとんど恭しいと言ってもいい手つきで、彼女の服を脱がせてやった。一枚一枚、きちんと彼女の許可を得て、脱がせた後は、目の前にかざして、よく見せながら。

「玲美ちゃんは、信じられないくらい魅力的だよ。僕も、すっかり魅せられてしまってるけど、君を穢《けが》すような真似はしないから安心して。残念ながら、僕は姉さんに、その能力を奪われてしまったからね」

ふいに怒りがこみ上げて険悪な口調になりかけたので、満面の笑みを見せてやる。

「その代わりと言っちゃ何だが、玲美ちゃんには、女としての真の悦びを知って欲しいんだ。それはね、我を捨てて、男を百パーセント受容することだよ」

玲美は、ピクリとも身体を動かすことはできないでいたが、その目の光は、懸命にかぶりを振っているかのようだった。

「中途半端なエゴやプライドは、幸せへの障碍《しょうがい》にしかならない。君を蹂躙《じゅうりん》しようとする相手を拒絶するのではなく、無条件降伏して、受け容《い》れてみてごらん。自我が溶け去る甘美な瞬間を体験して初めて、君は本当の君を発見できる。こんなやり方をしたのは申し訳なかったけど、新しい世界の扉を開く手助けを、僕にさせてくれるかな？」

支配と隷属の本質を探求するために、数々のSMクラブに通い、次々と出禁になりながらも貴重な経験を積んできた。

SMというのは、けっして好事家の変態趣味などではない。生殖を目的とする性行為という、つまらない先入観を取り払い、限りある人生における究極の歓喜を手にするための、きわめて人間的かつ創造的な営みなのだ。

篠崎は、一糸まとわぬ姿となった伶美に、様々な角度で光を当てて動画を撮影した。それから、膣鏡《クスコ》を使って、美しく健康な肉体の内部を詳しく観察して、カメラで接写を行う。その間、伶美の心の機微を知るため、ビデオカメラでは彼女の表情をつぶさに映していたが、まるで神様からのご褒美のように、奇跡の瞬間を捉《とら》えることができた。

一筋の涙が、伶美の頬を伝ったのである。

これは凄《すご》い。映像作家として、篠崎は心底感動し、狂喜した。

これこそまさに、伶美の心を味わい尽くすことだった。この涙があれば、映像には倍以上の価格が付くだろう。世界の超富裕層向けに開設された、ダークウェブのビデオショップでは、近年、エグいスナッフ・ビデオなどは敬遠され、エモい映像に人気が集まる傾向にある。

このシーンの直前には、目線を入れた伶美がバイオリンを弾くカットを挿入してやろう。

続く涙のアップには、BGMも付けた方がいいだろう。熟考の末に、ジュリアン・レノンの『ソルトウォーター』が最適だとの結論に至った。(高額な楽曲の使用料は、こちらが払うと言っても拒否されるだろうから、無視してかまわない)

映像の最後は、いよいよ猫たちの登場である。

伶美が猫たちと遊ぶ可愛らしい映像がインサートされた直後に、二匹のノルウェージャン・フォレスト・キャットが、愛情を込めて彼女の身体を舐《な》める心温まるシーンとなる。

猫たちを充分に惹《ひ》き付け、伶美の皮膚に擦過傷を残さないために、アンダーヘアの上には、濃厚な生クリームをたっぷりと塗ってやった。

馬鹿猫どもは、もくろみ通り、嬉々《きき》として生クリームを舐めた。

小道具にするために引き取ってからは、高価な大麻やコカインを惜しみなく与えてやった。本来のフレンドリーな性格が影を潜めて、たちまちサイコパス猫に変じたのは面白かったが、使い方が定まらないうちは、主演女優の身体に傷を付けるのではと、ハラハラしたものだ。

伶美は、猫たちの無心の奉仕を楽しんでくれたと思う。何より、身体の反応が、そのことを裏付けていた。意思とは裏腹の、自律神経の反射によって……。

「叔父《おじ》さん」

翠の声に、篠崎は我に返った。

「もしかして、お姉ちゃんのことを思い出してたの？」

篠崎は、ギョッとした。どうして、わかったのだろうか。動揺を隠すため、ワイングラスを口に運ぶ。

「そうだね。昔の伶美ちゃんのこととか」

「それで、笑ってたの？」

篠崎は、再びワインを口にした。残りわずかだったので、飲み干してしまう。笑ってた？　俺が？　だとすると、少々油断しすぎていたかもしれない。

「可愛かった頃のことを思い出してね」

翠は、ワイン・クーラーからボトルを取って、篠崎のグラスにお代わりを注ごうとする。

篠崎は、「ありがとう」と言って、堂々と酌を受けてから、平然と一口飲んだ。

翠は、そもそもワインに薬物が混入されているなどとは、疑ってすらいない様子だったが、さっき手酌で注ぎ足したのも見ていただろうから、これでますます安心するはずだ。

翠に選ばせた新しいボトルを目の前で開けて、二人のグラスに平等にワインを注いだのは、一服盛る余地などどこにもないと思わせるためだった。もちろん、長い針の注射器を使って、コルク越しに薬を入れることはできるが、それだと、ワインセラーの中にあるワインすべてに工作しなくてはならなくなる。

『生き人形《リビング・ドール》』カクテルを仕込んでいたのは、ワインを空気と攪拌《かくはん》するポワラーの中だった。ポワラーを通過する間に、薬物がワインに溶け込む。万が一、溶けきらずに残ったとしても、ワインには澱《おり》が付きものだから、まず不審を抱かれることはない。

この結果、双方のグラスに薬入りのワインが注がれることになるが、こちらのグラスだけ、隙を見て無害なものとすり替える。自分のグラスがすり替えられたら気づく可能性が高いが、相手のグラスにまで注意を払っていた娘は、今まで一人もいなかった。

そして、グラス二杯分のワインを注いだ時点で、ポワラーの中の薬物はすべてなくなって、それ以降に注ぐワインは、再び無害なものになるのだ。

これは尊い犠牲を出した反省に基づく改良であり、薬物の過剰摂取を防ぐためでもあった。グラス一杯のワインで、ちょうど六時間の完全な麻痺《まひ》を引き起こすことができるが、死に至る危険性は極力少なくできる。

翠は、自分のグラスを取り上げて、しばらく見つめていたが、意を決したように口を付け、残りを飲み干した。

よし。これで、完璧《かんぺき》だ。篠崎は、心の中でガッツポーズをした。後は、薬が効いてくるまで、世間話でもして待っていればいい。

そうだ。翠が『生き人形《リビング・ドール》』になったら、伶美のビデオを見せてやるのもいいかもしれない。うまくいけば、姉妹そろっての涙が見られるかもしれない。

「やっぱり、いける口だね。せっかくのいいワインだから、もう少しどう？」

篠崎は、翠のグラスにもお代わりを入れてやる。すでに薬物フリーのビンテージ・ワインになっているが、少なくともアルコールとしては機能するだろう。

翠は、新たに注がれたシャトー・ラフィット・ロートシルトを、冷たい目で見下ろした。

「お姉ちゃんにも、こうやって、飲ませたの？」

篠崎は、動きを止めた。

当てずっぽうで、カマをかけているだけだ。そうとしか思えなかったが、今日これまでに、何度かヒヤリとしたことがある。迂闊《うかつ》な返答をすると、マズいかもしれない。

いや、もはや、『生き人形《リビング・ドール》』カクテルが効いてくるのは、時間の問題だ。今は、会話を少し長引かせるだけでいい。

「伶美ちゃんに、ワインを勧めたことはないけど」

篠崎は、眉《まゆ》を上げた。

「お姉ちゃんは、このマンションに来たんでしょう？　亡くなった日に」

翠には、なぜか確信があるようだった。

「まさか。そんなわけがないだろう？　どうして、そう思うの？」

篠崎は、困惑を装って訊《たず》ねたが、実際のところ、少し当惑していた。

「お姉ちゃんのスマホを見たから」

翠は、真正面から、篠崎を見据えて言った。もはや、完全な対決姿勢のように見える。

4

「スマホ？　それは、何を」

篠崎は、絶句した。まさか、位置情報の履歴でも、残されていたのだろうか。

だとすると、Ｇｏｏｇｌｅマップのロケーション履歴が、オンになっていた可能性がある。無駄にギガを消費するし、誰かに見られた場合にはプライバシーが丸裸になってしまうから、あんなものをオンにする馬鹿がいるとは思わなかったが。

冷や汗が出てきた。その場合、伶美がこのマンションにいたことがほぼ確定してしまうが、誤魔化すのは難しい。どう言い逃れたらいいのだろうか。『生き人形《リビング・ドール》』カクテルが効いてくるまででいいのだが。

だが、翠が口にしたのは、まったく別のアプリについてだった。

「モバイルSuicaの履歴を見たら、お姉ちゃんが、品川駅に来ていたってわかったの」

何だ、そっちの話か。できれば、そのことも知られたくなかったが、まだ決定的な証拠にはならない。

「駅に来ただけだろう？　伶美ちゃんは、このマンションの場所も知らなかったはずだよ」

篠崎は、一笑に付そうとしたが、頬を歪《ゆが》めただけだった。

「女子大生が、新幹線に乗る以外に、品川駅に何しに来るの？」

翠は、堂々と偏見を剝《む》き出しにして言う。

「品川駅の周辺なんて、どう考えても、お姉ちゃんが来るようなところじゃない。調べたけど、近くには、友達も、バイト先も、先生の家も、何もなかった。叔父さんに会いに来る以外に、用なんかあるはずないんだけど」

篠崎は、やれやれと肩をすくめる。翠が言っていることは、結果的に当たっている
ものの、しょせんは言いがかりでしかない。

「誰かとデートしていたのかもしれないよ。すぐ近くに、アクアパークとか八芳園《はっぽうえん》も

あるし。駅ナカには、いろんなお店があったはずだ」

翠は、断固として首を横に振った。

「そうだったとしても、都内にはいくらだって、もっとイケてる場所があるし、デートをする相手がいたら、絶対、誰かが知ってたはず。お姉ちゃんの知り合い全員に話を聞いてみたけど、付き合ってた人なんて、誰一人浮かんでこなかった」

伶美は、想像以上に、寂しい女子大生ライフを送っていたらしい。

「それは、伶美ちゃんを見くびりすぎだと思うよ。どんなに音楽一筋の生活だったとしても、限られた世界の中での出会いなら、かえって誰も気づかないんじゃないかな？……それに、さっきはあえて言わなかったけど、本当の目的地は、グランドプリンスホテル新高輪《しんたかなわ》だったのかもしれない。友達や知り合いがまず来そうにないところの方が、秘密を守るためには好都合だろう？」

翠は、もはや怒りと敵意を隠そうともせず、篠崎を睨《にら》みつけた。

「そうやって、死んだ人を、平気で小馬鹿にするのね」

「伶美ちゃんが亡くなって、翠ちゃんが動揺しているのはわかる。誰かを悪者にしたいという気持ちも、充分に理解できるよ。しかし、僕を標的にするのは、アンフェアだ」

篠崎は、抗議をしながら、壁に掛かった時計を見た。もうそろそろ、最初の徴候が現れてもいい頃なのだが。

「ねえ。さっきから、どうして時間ばかり気にしているの？」

翠が、質問した。しまった。そんなに、あからさまだっただろうか。

「いや、別に」

「ワインに、何を入れたの？」

篠崎は、戦慄《せんりつ》した。もはや、勘がいいというレベルではなかった。何かつかんでいるとしか思えないような追及のしかたである。

「何を言ってるのか、全然わからないよ」

「わたし、知ってたよ。シャトー・ラフィット・ロートシルトが、この中で、一番高いワインだってことくらい」

どうして、そんな知識があったんだ。篠崎は、悪い意味で翠を見直していた。知った上で、こちらが困るように、わざわざ一番高いワインを選んだのか。

さっきまで、真面目な娘だとばかり思い込んでいたが、男にたかって贅沢三昧《ぜいたくざんまい》に明け暮れるビッチども――世に言う港区《みなと》女子の同類だったのかもしれない。

「ふつうだったら、これは特別なワインだから、別のにしようって言うんじゃない？だけど、叔父《おじ》さんは、何も言わずに、わたしが選んだワインを開けた。もったいないという気持ちは、ダダ漏れだったけどね。大切なワインを犠牲にしてまで、やりたいことがあったの？」

翠の舌鋒《ぜっぽう》は、ますます鋭くなる。

「考えすぎだよ。あれを選んだのには驚いたけど、伶美ちゃんを追悼するためなら、開けてもいいと思ったんだ」

「嘘つき」

翠は、吐き捨てるように言った。

「わたしに選ばせることが、重要だったんでしょう？　そうすれば、何か入れられてるんじゃないかとは、まず疑わないだろうって」

まさか、そこまで考えているとは、想像もしていなかった。どうやら、この娘の知的能力を過小評価していたらしい。

……そういえば、この娘は、幼い頃にIQを測り、メンサレベルと言われたことがあった。その後、翠は、学業においては、神童らしい片鱗《へんりん》は一度も見せなかったので、すっかり忘れていたのだが。

待てよ。もしも、最初からワインに薬を盛られるのではと疑っていたとしたら、どうして、そのワインを平気で飲んだのか。

「誤解だよ。僕がワインにレイプドラッグみたいなものを入れたって、本気で思ってるの？　翠ちゃんも伶美ちゃんも、子供のときから知ってる血の繋《つな》がった姪《めい》だよ？

そんなことをするわけがないだろう？」

篠崎は、そう言いながら、翠のグラスに疑惑の目を向けた。

さっきお代わりを入れてやったが、そちらには手を付けていなかった。ポワラー内の薬は、すでに使い尽くされているから、二杯目は無害なのだが、たぶん警戒しているのだろう。

しかし、だとすれば、なおさら一杯目を口にしたことが不可解になる。

「ずっと不思議だった。叔父さんが、どうして、こんなマンションに住めるのか」

翠は、一転して、静かな口調で言う。

「映像作家っていう触れ込みだけど、どこから収入を得てるのかは、さっぱりわからないし。叔父さんもさっき言ってたけど、お祖母《ばあ》ちゃんの遺産だけじゃ絶対に無理でしょう？」

篠崎は、秘《ひそ》かに鼻で笑った。その質問に対する答えなら、とっくに用意してある。

「もらった遺産は、ほとんど投資に回した。銀行預金はずっと耳糞《みみくそ》みたいな利率だったから、アマゾンやアップルなんかのアメリカ株に投資したんだよ。まあ、運が良かっただけだけど、ここを買えたのも、その値上がり益のおかげかな」

「じゃあ、映像作家っていうのは？　ただの肩書き？　それとも、趣味みたいなもん？」

「そうじゃない。地道に活動してきたおかげで、ビデオクリップなんかの依頼は、年々増えてきてるんだ。いつかは短編映画を撮って、本気でアカデミー賞を狙いたいと思ってる」

少しは感銘を受けるかと期待したが、翠は、冷たい目で篠崎を見た。

「叔父さんに、主に仕事を発注しているのは、タッチウッド・ピクチャーズっていう会社なんでしょう?」

篠崎は、衝撃を受けた。どうして、その名を知っているのか。

「それは、取引先の一つではあるけど」

「調べてもらったんだけど、どうしても実態が摑《つか》めなかったって。カリフォルニアに合法的に設立された会社で、一応は映像ビジネスを展開しているらしいけど、叔父さん自身と同じで、どこから利益を得ているのかが、さっぱりわからなかったみたい」

探偵を使ったのか。……まあ、そうだったとしても、日本から一歩も出ないで、あの会社の全容を解明するなど、できるわけがない。

「ここから先は、何の証拠もない、ただの妄想になるけど」

翠は、物憂げに言う。

「その会社って、ダークウェブで非合法な映像を売ってるんじゃない? 叔父さんのように、その手の映像を供給してくれる作家に合法的に対価を支払うため、わざわざ会社組織にして、マネーロンダリングをやってるんじゃないかと思うんだけど」

「非合法な映像って、どんなもののことを言ってるの？」

「たとえば、児童ポルノ。それに、叔父さんが過去に撮ってきた吐き気を催すような映像も、女の人格をいっさい認めないウジ虫みたいな連中には、さぞかし人気があったんでしょうね。お姉ちゃんの映像なんて、きっとスマッシュヒットだったんじゃない？」

「翠ちゃん。それは、さすがにひどすぎる。君が言った通り、単なる妄想でしかない話だよ。咎《とが》めるつもりはないけど、一度、カウンセリングを受けた方がいいんじゃないかな？」

篠崎は、抗議しながら、また時計を見た。いつもと比べると、時間がかかっているようだ。体重により、効き目が現れるまでの時間は差があるが、翠の華奢《きやしや》な体格を見る限り、そんなに長い間、持ちこたえられるとは思えないのだが。

「ここにある撮影機材を見て、だいたい想像ができた。お姉ちゃんが、いったい、どんな目に遭わされたのか」

翠は、声を震わせて、目頭を擦《こす》った。

「だから、すべて妄想だよ。陰謀論に付き合う気はないが、伶美ちゃんの身体には、いっさい、妙な痕跡《こんせき》はなかったんだろう？」

「ううん。実は、一つだけ痕跡があったんだよ」

翠は、目を擦っていた手を下ろした。赤くなった目に、笑みを浮かべる。

馬鹿な。そんなものがあるわけがない。惑わされるな。

「それを残したのが、ビグルか、それともトレーグルだったのかは、わからないけど」

ただのハッタリだ。猫どものザラザラした舌の痕跡が擦過傷になっていないのは確認したし、アンダーヘアも念入りに清拭《せいしき》して、生クリームの残滓《ざんし》は残っていないはずだ。

「わざわざ猫の専門家のところへ行って、鑑定してもらった。それで、三種にまで絞り込めた。サイベリアン。メインクーン。そして、ノルウェージャン・フォレスト・キャット」

その三種に共通するものとは、何だ。答えは、すぐに出た。まさか、そんな。

「長毛種は、抜け毛がたいへんなんでしょう？　日頃から、ブラッシングをして、コロコロや掃除機で小まめに処理しないと、すぐに、そこら中が毛だらけになる」

念入りにハンディクリーナーをかけ、静電モップで、猫の毛はすべて吸着したはずなのに。それでも、まだ、どこかに残っていたというのか。

「伶美ちゃんの服に猫の毛が付いていたとしても、どこで付いたのかはわからないだろう？　猫の飼い主にくっついていたのが、電車の中で移った可能性だってあるし」

篠崎の声は、掠《かす》れていた。

「ふーん。でも、毛が付着していたのは、ショーツの裏側だったんですけど？」

翠の言葉に、奈落《ならく》の底に突き落とされたような気がした。

もはや、翠を、生かして帰すことはできない。撮影後は、速やかに呼吸を止めなければ。

篠崎は、冷酷な決意を固めた。それをやると、撮影した映像そのものが殺人の証拠になってしまうので、タッチウッドに売るかどうかで悩まなくてはならないが。

いずれにしても、のんびりと薬が効くのを待っている場合ではなくなってしまった。翠が、異変に気づいて、何か突発的な行動を取る前に、制圧する準備をしておかなくては。

篠崎は、テーブルの裏側に貼り付けてある特殊警棒に手を伸ばそうとした。

だが、何かがおかしい。合皮グリップの感触が手に伝わらないのだ。はっとして見下ろすと、右手は膝《ひざ》の上に置かれたままだった。

身体が、動かない。

「効いてきたみたいね」

翠が、低い声で言う。

「実際に、この目で見るまでは、信じられなかったんだけど。でも、今の叔父《おじ》さんの状態が、クロだってことを完璧《かんぺき》に証明してるんじゃない？」

「何をしたんだ？」

篠崎は、うめいた。多少、呂律《ろれつ》が回りにくくなってはいるが、まだ話すことは可能だった。これは、『生き人形《リビング・ドール》』カクテルの特長の一つである。こちら側に回ったのは初めてだったが、もしかしたら、この経験を次に活《い》かせるかもしれない。現在のこのピンチを切り抜けることができたらの話だが。

「薬を飲まされるってことは、予想できてた。叔父さんの足では、若い娘《こ》に逃げ出されたら、追いかけて捕まえるのはまず無理でしょう？　それに、陰険で姑息《こそく》で卑怯《ひきょう》な性格を考えると、いかにもやりそうなことだって思ったし」

翠は、好き勝手に、篠崎をディスり始める。

「未成年のわたしに飲酒を勧めるのも、いかがなものかとは思ったけど、わざわざ、わたしにワインを選ばせて、あんなに高いワインをピックしたのに、何も言わずに注いでくれるなんて、馬鹿みたいに気前がいいか、それとも何かを企《たくら》んでいるかという二択でしょう？　ケチなのは昔から知ってたから、どこで薬を混入するのか、よく気をつけてたの」

くそ。篠崎は、屈辱に震えた。こんな小娘の掌《てのひら》の上で踊らされていたとは。

「それが、ポアラーなんか使ったことで、すぐにわかった。あんなワインを開けるんだから、本来は、もったいぶってデキャンタージュをして、長々と蘊蓄《うんちく》を垂れそうなものじゃない？　ところが、まるで考える時間を与えたくないみたいに、さっさとグラスに注いだでしょう？　あの時点で、仕掛けがあったのはポアラーで、両方のグラスに薬入りのワインが入ったって、確信できたの。そうなると、次は、叔父さんが飲む方のグラスをすり替えるはず」

翠は、酔いの影響もあってか、饒舌《じょうぜつ》に喋《しゃべ》り始める。

「そのつもりで観察してたら、やることが不細工すぎて、笑うのを堪《こら》えるのがたいへんだった。テーブルの下から新しいグラスを取り出して、こそこそワイン・クーラーの陰に置いたのも、ワインの色を見なさいなんてわたしに言ってから、危なっかしい手つきで持っていたグラスと交換したのも」

「もういい。それより、どうやって、そっちのグラスと僕のグラスを入れ替えたんだ？」

篠崎は、不機嫌に唸《うな》った。

「まだ、わからないの？　それができたタイミングって、一回だけしかなかったでしょう？　わたしが、『……ビグル？』って言ったとき。叔父さんは振り返り、クラッキングをしているビグルを見て、棚から下ろしたじゃない。グラスをすり替えるには充分すぎるくらいの時間があったと思わない？」

くそ。くそ。くそ……。篠崎は、天を仰ごうとしたが、それすらうまくいかなかった。

「それで？　これから、どうするつもりだ？」

翠は、うっすらと笑みを浮かべた。

「叔父さんには、報いを受けてもらう」

警察に突き出すということか。

だが、翠は、まだ甘く考えている。証拠はほとんどない以上、有罪にするのは至難の業だ。だとすると、検察は、起訴すらためらうだろう。

まだ、勝機は残っている。ここからの持って行き方次第では、大逆転ということさえも。

「でも、その前に、やってもらいたいことがあるの。お姉ちゃんの名誉を守るために」

「何をすればいいんだ？」

篠崎は、殊勝に聞こえるように言った。

「まず、ウェブ上にある、お姉ちゃんの映像を、すべて消去して」

そうか。やはり、この娘は姉思いだ。そこに拘《こだわ》ってくれれば、こちらも付け込む隙はある。刑事告訴しようと思えば、伶美の映像も捜査当局に見せざるを得ない。示談という選択肢も、現実味を帯びてくるだろう。

「引き出しにある、ノートパソコンを取ってくれないか」

篠崎は、少しでも翠を懐柔するために、協力姿勢を見せる。

「タッチウッドとの交渉が必要になるから、簡単なことじゃないが」

「難しくても、やって」

翠は、静かだが凄《すご》みのある声で言う。

「わたしも、中途半端な覚悟で、ここに来たんじゃないから。言う通りにしないんだったら、どうしようかな？」

翠は、立ち上がって、キッチンの中を物色する。いったい何を探しているのかと思ったら、テーブルの上にダマスカス模様の入った肉切り包丁を置く。篠崎は、総毛立った。骨付き肉を処理したときに、切れ味は実証済みである。

「脅しじゃないよ。疑うんなら、試しに、ちょっと切ってみてもいいけど？」

本気であることは、目の光を見ればわかった。

「……手が動かない。今から言うアドレスに、アクセスしてくれ」

篠崎は、白旗を揚げた。

5

「これで、消せるのは、全部消した。売れてしまった分は、どうにも」

だんだん、舌が回らなくなってきた。篠崎は、我知らず、おもねるような口調になった。

「まだ、叔父さんが、自分用に保存しているコピーがあるでしょう？」

翠は、辛辣《しんらつ》な口調で詰め寄る。

「家宅捜索《ガサ》の可能性が……から、そんなものは……い。疑うなら、探せば」

篠崎は、開き直った。

「ふーん。ここには、ないってことね？　じゃあ、どこにあるの？」

翠は、肉切り包丁を取って、篠崎の頬に刃を当てて、スッと滑らせた。鋭い痛みとともに、血が流れるのを感じる。くそ、このサイコ女が。実の叔父の顔を、本当に切ったな。

「サブスクロッカー……新大阪《しんおおさか》駅の」

篠崎は、たまりかねて白状した。駅の構内にある、スマホのアプリで管理するロッカーで、三十日単位で荷物を保管することができる。

たどたどしい説明を聞きながら、篠崎のスマホをチェックしていた翠は、立ち上がった。

「今から、そのUSBメモリを取ってくるから、おとなしく待ってて。その後、どうするのか話し合いましょう」

篠崎は、怒りに燃える目で、その後ろ姿を見送った。五感は依然として健在である。むしろふだんより研ぎ澄まされた状態だったが、もはや声も満足には出せない。

玄関のスマートキーが施錠する、ピッという電子音が響いた。

甘いな。依然として状況は厳しいものの、これで、逆転できる目が生まれた。

いくら品川駅がすぐそばでも、翠が、新幹線で新大阪へ行って、USBメモリを回収して、ここに戻ってくるまでには、六時間前後はかかるはず。

その一方で、『生き人形《リビング・ドール》』カクテルの効き目が切れて、動けるようになるまでには、やはり六時間程度は必要になる。つまり、どちらが早いかという競争なのだ。一秒でも早く回復して、何か有効な手立てを講じなくては。

どう考えても、唯一の解決方法とは、戻ってきた翠を殺すことしかない。さいわい、意識は清明で、頭の働きにも支障はない。身体が回復するまでに、完璧な計画を立てておこう。

篠崎は、頭の中で詳細なシミュレーションを始めた。翠が指摘した通り、歩行にハンディがある以上、いったん距離を取られたら、逃げ切られてしまうだろう。ファーストコンタクトで、ガッチリと捕まえなくてはならない。穴に隠れて獲物を待ち伏せする蜘蛛《くも》のように。

ハンディを補うため、腕力は日頃から鍛えてある。十秒で絞め落として、厳重に縛り上げ、それから起きることは、あの糞生意気《くそなまいき》な小娘には想像すらできないだろう。

何しろ、今回は、いっさい傷を付けることをためらう必要はないのだから。

平然と叔父《おじ》の頬を切るような姪《めい》には、それ相応のお仕置きが必要だろう。なめた口を利いたことにも、たっぷりと代償を払ってもらう。

最後は、凄惨《せいさん》きわまりない嬲《なぶ》り殺しになる。おまえは、短い人生の最後に、早く死なせてと哀願することになるのだ。そもそもは、おまえの母親が、俺から人生を奪ったことが発端だ。姉妹のビデオが揃ったら、倫子にも見せてやる。猫なんかを助けるために取り返しの付かない事態を招いてしまった、おまえの運転こそが、二人の娘に最悪の最期をもたらすことになったのだと、じっくりと教えてやる。

そのとき、篠崎は、顔に冷たい感触を覚えた。

ビグルとトレーグルがやって来て、挨拶《あいさつ》するため、篠崎に鼻を擦り付けているのだ。続いて、「ニャー」という鳴き声。腹が減っているというサインだ。

そういえば、翠が来ている間、餌をやっていなかったっけ。悪いな。今は、餌はやれない。六時間ほど待ってくれ。

いや、こいつらに、そんなに待てるわけがない。

やれやれと、篠崎は思った。

もともと食いしん坊で、堪《こら》え性のない猫どもだった。それが、大麻やコカインを与えると、ますますおかしくなった。しつけも何もあったものではなく、こいつらは、空腹時にはただの野獣に変わってしまう。

二匹は、餌がないとわかったはずなのに、篠崎の周りを離れなかった。

おいおい、食うものなんか、何もないぞ。……俺以外には。篠崎は、冗談めかして考える。

それからふと、嫌なことを思い出した。主人が孤独死したときに、飼い犬や飼い猫が主人の遺体に何をするかは、近年よく知られるようになった。

犬の方がひどいらしいが、猫も相当なもので、特に柔らかい部位を好むため、頬や唇、舌、眼球などを貪《むさぼ》り喰《く》うのだという。

篠崎は、自分が、猫たちには、ちょうど遺体のように見えることに気づいた。

とはいえ、体温があるし、ゆっくりとだが鼓動も感じられるはずだ。生きているのか死んでいるのかぐらいは、わかるはずだ。

再び、冷たい猫の鼻の感触。臭いを嗅《か》ぎ、味見をする。挨拶というよりは、まるで食えるかどうかたしかめているかのようだった。

おい、ふざけるな。俺は、飼い主様だぞ！

でも、まさかとは思うが、こいつらは、ふつうじゃない。本当に、どうかしてるから。

そうなったのは、俺のせいだ。その点は、素直に認めるしかない。しかし。

こいつらは、どんなに悪いことをしても、怒られるまでやめない。

そして今、怒ってくれる人は、周囲に誰もいない。

ビグルが、篠崎の顔を舐《な》め始めた。ゆっくりと、徐々に強く、執拗《しつよう》に。

痛い。痛いって。馬鹿。やめろ。感覚はあるんだ！　痛い、痛い、痛い……！

やめろって。おまえたちを愛してるんだ。さんざん、可愛がってやっただろうが。

ビグルは、翠に切られた頬の傷を舐め始めた。固まっていた血が溶けて、また流れ始める。

その味が気に入ったのか、ビグルは、ますます熱心に舐め出した。

やめろ。やめてくれ。頼むから。それ以上は、もう洒落《しゃれ》にならない。

視界いっぱいに映ったトレーグルが、鋭い牙《きば》を見せる。そして、カカカカッと喉《のど》を鳴らす世にも恐ろしいクラッキング。

畜生。せっかく財産を築いたのに。念願の映像作家の肩書きも手に入れ、一生好きなことをして、面白おかしく過ごせるはずだったのに。……まさか、こんな馬鹿馬鹿しくて、恐ろしい最期を迎えることになるなんて。

一筋の涙が、頬を伝う。トレーグルは、それをヤスリのような舌で舐め取った。

頭の中で、エモいBGMが流れ始めた。ジュリアン・レノンの、『ソルトウォーター』だ。

事ここに至って、篠崎は、ようやく運命を悟った。

Norwegian Forest cat.

Knowing I'm for rest.

猫好きなのに、重度の猫アレルギーだと自嘲《じちょう》していた知人のことを思い出す。皮肉な話だと思って笑ったが、ひょっとしたら、誰よりも猫を愛していた俺にとって、人生の始まりから、猫とは死神そのものだったのかもしれない。

関わるべきではなかった。

だが、それに気づくのが、あまりにも遅すぎた。

たぶん、これでもう、永遠に終わりだ……。

ビグルが、鋭い牙を剝《む》き出しながら、口をいっぱいに開き、篠崎の上唇に食いついた。

恩田陸

車窓

1964年宮城県生まれ。92年『六番目の小夜子』でデビュー。2005年『夜のピクニック』で第26回吉川英治文学新人賞と第2回本屋大賞、06年『ユージニア』で第59回日本推理作家協会賞（長編及び連作短編集部門）、07年『中庭の出来事』で第20回山本周五郎賞、17年『蜜蜂と遠雷』で第156回直木賞と第14回本屋大賞を受賞。ほかに『ドミノ』『失われた地図』『私の家では何も起こらない』『チョコレートコスモス』など著書多数。幅広いジャンルの作品を手掛けるが、濃密な息遣いで描かれるホラーは絶品。

JR東京駅から東海道新幹線に乗って関西方面に向かう途中、天気が好《よ》ければ右側の車窓に数分間、大きく富士山《ふじさん》が見える。

綺麗《きれい》に富士山が見えるとありがたく感じてしまうのは、日本人の遺伝子に富士山信仰が刷り込まれているからだ、としか思えない。これまでもさんざん写真を撮っているのに、やはり晴れているとカメラを向けずにはいられない。ほとんど条件反射である。

かつて、知人から「駿河《するが》湾に沿って線路が大きくカーブしている関係で、実は一箇所だけ、ごく短い時間、左側の車窓から富士山の見えるところがある」と聞かされたことがある。

本当なのかどうかは、きちんと調べていないのでよく分からない。掛川《かけがわ》の辺りだと聞いたような気もする。とにかく、今でも覚えているのは、その話を聞いた時になぜかゾッとした、ということなのだった。

「どうしてなのかは分からないんだけどね」

そんな話をしてしまったのは、無事案件をまとめられた出張の帰り道、という安堵《あんど》が大きかったのだと思う。
N、としておこう。
歳は同じなのだが、向こうは中途入社だったので、一緒に仕事をするのは初めてだった。

とても落ち着いていて、穏やか。しかし、表情に乏しく、めったに笑顔を見せないので、ちょっと近寄りがたい印象を受ける。正直、組むのに相性はどうかな、と思った。

しかし、打ち合わせをしてみると、実に手堅くニュートラル。それでいてズバリと鋭いところを突いてくる。どちらかと言えば気さくで調子のいいやりとりが得意な自分とはうまい組み合わせかもしれない、と思った。

向こうもタイプの違う私との組み合わせを面白く思ったようで、出張が終わるころには打ち解けた関係になっていた。なぜか長いつきあいでも心を許せない、ずっと他人行儀な口調を崩せない同僚と、短いつきあいでもスッと馴染《なじ》む同僚とがいるが、Nはまさに後者だった。無理に話を盛り上げたり、努めて話題を探したりせずに済む、素でいられる相手。そう互いに認めたように思う。

文字通り、胸襟を開いて、ビールの缶をぶつけて乾杯をしたところだった。

富士山がいちばん遠くから見えるところってどの辺だと思う？

ぷしゅ、とビールの缶を開けつつ、Nがきいた。

いちばん遠くから見えるところ？

一緒に缶の蓋《ふた》を開け、私は首をかしげた。

昔は、関東平野はどこからでも富士山が見えたはずだよね？　関東一円、富士見《ふじみ》って地名がどこに行ってもあるもんね。だとすると、千葉の房総《ぼうそう》半島とか？

Nは「ううん」と首を振った。

和歌山の那智勝浦《なちかつうら》だってさ。

思いがけない地名に驚いた。

そんなに遠いの？

確か、三二〇キロくらい離れてたはず。今でも遠さの記録を更新しようと、目視できる場所をマニアが探してるらしいよ。

すげーな、三二〇キロって。

よっぽど空気が澄んでないと見えないらしいけどね。写真に撮れないと、証明できないから。

その景色を想像すると気が遠くなった。

海を越え、遠い雲の上に頭を覗《のぞ》かせている富士山。目視できる、というのはどこか空恐ろしい心地すらする。


まだ日の暮れる前の、中途半端な時間なので、夕飯を食べるか、軽いつまみにしておくかは悩ましいところだった。ビーフカツサンドと笹かまぼことあたりめ、というこれまた中途半端なフードを買い込んで席に着いた。

だらだらとつまみを口に入れつつ、ビールを飲んでいるうちに、全身の緊張がほぐれてくる。

さっきの話、分かるような気がするな。

Nがポツリと呟《つぶや》いた。

さっきの話って？

尋ねると、彼はチラリとこちらを見た。

左側の車窓から一瞬見える富士山が怖いって話。

ああ、と私は間抜けな声を出した。自分で話しておきながら、既に終わった話のつもりでいたのだ。

Nは、前を見たまま、やけに静かな声で言った。

つまり、見えるはずのないものが見えるのが怖いってことだろ。

その声の調子が気になった。

なんだか、そういうものを見たことがあるような口ぶりだな。

軽い調子で返すと、つかのまの沈黙があった。

Nはくい、とビールの缶を傾けた。

酔っ払いの与太話だと思って、聞いてくれるか？

ちっとも酔っているようには見えなかったが、反射的に頷《うなず》いていた。

今まで、誰にもしたことのない話だ。

Nはそう言って、前を向いたまま低い声で話し始めた。


子供の頃から、新幹線はよく乗ってた。

うちの両親は鳥取と岡山の出身だし、親戚《しんせき》が大阪と神戸《こうべ》にいたから、当然、盆と正月は帰省するのに新幹線を使うことが多かった。

電車に乗るのは好きだった。乗り鉄とまではいかないが、とにかく、ずっと車窓の風景を見てるのが好きだったんだ。

無口なほうだったし、何時間でも一人でぼーっとしていられた。うちには双子の姉がいてね。うるさくて落ち着きがなく、しょっちゅう喧嘩《けんか》してたから、両親はそちらに手が掛かって、おとなしい俺は放っておかれた、というのもあったかもしれない。

田んぼでも、畑でも、風景は見飽きなかった。

遠くの山に雲が掛かってるのとか、大きな工場とか、川とか、橋とか。

月並みな感想だけど、あのぽつんと建ってる家にも人が暮らしてて、この田んぼを耕して刈り取ってる人がいるんだな、あの工場に車で通勤して働いてる人がいるんだな、とか、そういう営みを想像してるだけで、いくらでも楽しめた。

で、新幹線の車窓から見える、立て看板があるだろ？

明らかに、新幹線の乗客向けに建ててあるやつ。

有名なやつだと、「○○○化粧品」って、数字三桁《けた》の名前が付いた白い看板があるじゃない？

うん、みんな車窓からその名前を見てるけど、現物を見たことがないっていっとき話題になってたよね。

他の化粧品会社みたいに、TVコマーシャルなんかのメディア広告を出してないし、本当に存在するのか、それとも暗号なのかって。

あの会社って、美容室専門の化粧品会社で、プロの美容室にしか卸していないから、いわゆる店頭販売などのリテールは扱ってないんだってさ。広告出してるのは、新幹線沿線の立て看板だけなんだって。その三桁の番号は、創業者の誕生日で、本社の電話番号の下三桁だって話だ。

他にもいろいろあるよね。

郷土のお菓子だったり、農産物だったり、おっきな工場のメーカーの看板だったり。

知らず知らずのうちに名前を刷り込まれてる。

まあ、広告ってそういうものだ。名前を覚えてもらうのが基本だよね。

だいたい、ああいう看板って、横長の長方形。

そりゃそうだよね、新幹線って横に移動してるから、なるべく長く視界にとどまったほうがいいだろ。

縦長の看板は珍しい。

時々、使われなくなった看板、色褪《いろあ》せて何も書いてないように見える看板もあった。

それが、いつだったかな——たぶん、八歳くらいだったと思うんだが——小さな丘の中腹に、左右を林に囲まれたところに、ぽつんと楕円《だえん》形の看板が建ってるのを見つけたんだよね。

そんなに大きくない。縦長の、クラシックホテルの階段の踊り場の壁に掛けてあるような、楕円形の鏡みたいな形。

それがひっそり建ってるのを見つけた。

パッと見て、ヘンな場所にあるな、って思った。

だって、丘の中腹の、ちょっと引っ込んだところにあって、本当にほんの一瞬しか見えないんだもの。

なんでこんなところに立て看板を置いたんだろうって思った。子供心にも、宣伝になるのかな、なんてことも。

しかも、その看板には何も書いてなかった。灰色かな、殺風景な色に塗ってあったことしか覚えてない。準備中か、あるいは看板としての効果がなくて、誰も使わなくて打ち捨ててあるのかと。

ああいうのって、不思議なもので、意識してると見つけられないんだよね。

そういえば、ヘンな場所にヘンな看板があったな、と思って、車窓をずっと真剣に探してると、見つからない。

意識してなくて、ふと顔を上げると目に入って、あっ、あの看板だ、って思い出す。

そんなふうに、何度か見かけた。

今にして思えば、何か書いてあったのかもしれない。その頃は、たいして字も読めなかったし、子供って、自分が何を見てるのか分からなかったりするだろ?

初めて、その看板に何か書かれてるのを認識したのは、十一歳の時だ。

今でもはっきり覚えてる。

ぽつんと描かれた、リンゴの絵。

上に葉っぱが一枚付いていて、色はついてなくて、線だけ。

あっ、リンゴだ、と思った。

ただ、それだけだった。

なんだろ、と不思議に思った。ひょっとして、誰かがいたずら描きでもしたのかもしれない、と思った。

よく考えてみると、丘の斜面に建ってる看板だから、よほどうまく梯子《はしご》を掛けないと、あんなところにいたずら描きなんてできないはずなんだけどね。

たぶん、一人では無理。誰かが梯子を支えてなきゃ、あんなところに描けない。けっこう急な斜面だったから、転げ落ちちまう。ああいうのって、見た目よりも、そばに近寄ると意外に大きいものだし。

で、リンゴを見たこともその時はすぐに忘れた。

次に、この看板に気付いたのは、それから一年くらい経った冬のことだ。祖父母のところに帰省する途中。

例によって、意識せずにふと車窓に目をやって、あっ、と思った。

そこに、数字が浮かんでいたんだ。

ちょっとぼやけて歪《ゆが》んでたけど、四桁の数字——真ん中にハイフンが入ってた。

なんだろう、あの数字。

一瞬だったけど、はっきり見えたので、覚えてた。

そう、書かれているというよりは、浮かんでるっていう感じなんだよね。

ちょうど、あの立て看板が水盤で、そこにゆらゆらっと文字が浮いている、みたいなイメージ。

そして、年が明けた。

集まっていた親戚が、皆、ばらばらに引き揚げていった。

そうしたら、神戸から車で来ていた伯父《おじ》の車が神戸に戻る途中で事故に遭ってね。

早朝の峠で、路面が凍結していて、スリップして側壁にぶつかった。

大破、とまではいかないが、けっこう車の損傷がひどくて、事故の写真が新聞に載っているのを見た時はショックだった。幸い、伯父の怪我はそんなにひどくなくて、後遺症もなかったので、親戚《しんせき》一同、ホッとしたけどね。

で、後で気が付いた。

実は、前の年に、あの立て看板の数字を目にした時に、どこかで見たことのある数字だ、と一瞬思ったんだよね。

そのことを思い出して、愕然《がくぜん》とした。

あれは、伯父の車のナンバープレートの番号だったんだ。

子供の頃からよく乗せてもらっていたし、いつも目にしている数字だった。

信じられないだろ？

こうして話していても、嘘みたいだと自分でも思う。

もちろん、誰にも話さなかった。

だって、新幹線の車窓から、立て看板に伯父の車のナンバープレートの番号を見た、なんて言って、誰が信じる？

そもそも、なんでそんなことが起きるんだ？

予知？　もしこれが予知だとしたら、それは誰が予知してるんだ？　あの看板を「運営する」誰か？　それとも、あくまでそれを目にしてる俺なのか？

偶然、妄想、超能力。

自分の頭がヘンになったのかと不安になったよ。

あまりにも不可解で、しばらく混乱していた。

なにしろ、何かを「予知」しているにしても、それが何を意味するのかは、後付けでしか分からないんだから、なんの役にも立ちやしない。


その後もしばしば、あの看板を見かけた。

だけど、そんなにハッキリと何かを関連付けて「見た」ことはめったになくて、見たものの意味が分からないことのほうが多かった。

黒っぽいモヤモヤしたのとか、油膜みたいなのが揺れているとか。

結局、今のところ、トータルとしては、何だったのか分からないもののほうが多い。

どうでもいい予知、みたいなのもあった。

中学の入学祝いが新しい自転車、だなんて予知したってつまらないだろ？　知ってました、って言うわけにもいかないし。

いっとき、車窓を見ないようにしていた時期もあった。

だけど、怖いもの見たさというか、つい見てしまう。もっとも、あの看板を見ないことも多かった。

そもそもが、十数回新幹線に乗って、一回見るか見ないか、みたいな頻度だ。就職して仕事で乗るようになってからは、疲れて眠りこけてることも多いし、乗ってる回数の割には、見ていない。

あ、もちろん、夜は見えないよ。悪天候の時も。

うーん、印象としては、曇りの時が多かったような気がする。


時たま、人の顔が見えたこともある。

知らないおばさんだとか、おじいさんだとか。

誰なのかは分からなかった。もしかして、俺が知らないだけで、家族の知り合いだったりするのかもしれないけど。

ところが、最近、ひょっとすると、実はあの人たちは、一部では有名な人なのかもしれない、と思うようになった。

数年前に、珍しく外国人の顔が出てきたことがあったんだよね。

白人の若い男性で、黒いTシャツ着て、何か喋《しゃべ》ってた。

えっ、外国人？

そう思って印象に残ってたんだけど、別に身の周りとか、取引先とかに現われる気配はなかった。ひょっとして、この先観る映画かドラマの登場人物かな、なんてことをのんびり考えてた。

そうしたら、ある日、TVのニュースを見ていてドキッとした。

あの時見た顔が、画面に映ってたんだ。

誰だと思う？

北の某国が、突然、隣国に侵攻を始めただろ？　その、侵攻されたほうの国のトップ。あの大統領の顔だったんだ。

たぶん、侵攻さえなければ、ずっと知らないままの顔だったとしてもおかしくない。だとすると、もしかして、以前見た顔は、日本人じゃなかったのかもしれないな、と思った。どこかの国の、どこかの重要人物だったのかもしれない。

ならば、あの「予知した」のかどうか分からなかったものも、見知らぬ遠いところで起きていたことなのかもしれない。

きっと、それが何か知らないまま、一生を終えることになるんだろうけど。

そんなことを考えているうちに、もうひとつ気が付いた。

いちばんはじめに見た、リンゴの絵。

あの絵が何を指していたか、だ。

思い出してみると、あの絵とそっくりのロゴがあるんだ。上に葉っぱが一枚。あの絵はちょっとぼやけているように見えたが、もしかすると、ぼやけた部分は欠けていたんじゃないかと思った。

そう、あの世界的パソコンメーカーのロゴだよ。

調べてみたら、あの絵を見たあとに、初めてあの会社の作った、世界初のスマートフォンが発売されていたんだ。

うちの父親は新しいもの好きでね。家電でもなんでも、新製品となると必ず買うんだ。日本で発売になった時、真っ先に親父が買っていたことを思い出した。

ハハッ、これもまた後付けの話だ。株でも持ってれば儲《もう》かったのかもしれないけど、当時は小学生だからな。あの会社のロゴだと分かってたからって、どうにもなりゃしない。


だけど、一度だけ、こんなものを見ることを呪ったことがある。

白い箱が並んでいて、白い煙が上がっているのを見た。

比較的はっきりしたイメージだったけど、もちろん、それがなんなのかは分からなかった。

それから、数年後だ。

あの原発事故の時に、判明したんだ。あの白い箱に、青い模様が付いてるのを覚えていた。

クソッ、これだったのか。

怒りを感じた。

こんなもの、なんの役にも立ちやしない。知っていても、何もできやしない。防ぐことも、予告することもできない。むしろ、罪悪感が込み上げてくるだけ。いったい、なんのためにこんなものを見せられているんだ？　そもそも、なんで俺なんだよ？

そう、誰かを呪ったよ。

もちろん、例によって、誰にも言えなかったけどね。


本当に、なんなんだろう、あの看板。

改めて、気味が悪くなった。

あの場所に行ってみようか、と考えたこともある。あの看板を、車窓越しでなく、実際に間近で見てみたい、と。

近くで目にしたら、あの看板の中に、何が見えるんだろうか。

それを確かめたいという誘惑に駆られた。

地図と新幹線の路線図を照らし合わせて、あの看板の位置の候補を幾つかピックアップする、ということまでやった。

だけど、結局は、近くで見るのは怖いという気持ちが勝った。

きっと、なんでもない看板に違いない。そう判明するのが怖かった。

何より、あの看板が見つからないかもしれない――いや、きっと見つからない。

そんな気がして、怖かったんだ。

んなわけで、なんの役にも立たない、ただの不思議な話だ。

酔っ払いの与太話。

忘れてくれ。

私はぼんやりとあたりめを噛《か》んでいた。

確かに不思議な、異様な話だ。

いきなりでっちあげた作り話にしては、なんだか細部がはっきりしすぎている。Nが作り話をするとは思えなかったし、どう受け止めていいのか分からなかった。

最近は、何か見たのか？

そう尋ねていた。

彼は小さく頷《うなず》いた。

うん。久しぶりに数字を見た。

なんの数字?

分からん。六桁《けた》で、なんとなく日付のような気がした。

いつ?

彼は首を振った。

言いたくない。この数字が、俺だけに関連する数字なのか、世界に関係する数字なのか分からないし、しょせん、何があっても、後付けに過ぎないんだから。

そうか。

日が暮れ始めていた。つい、車窓の景色に目をやってしまう。

飛ぶように過ぎてゆく田園風景。

ずっと不思議に思ってたんだよなあ。

Nは、独り言のように呟《つぶや》いた。

あれは俺だけに見えるものなのか。他にも実は見ている人がいて、俺と同じく黙っているだけなのか。

――見えるはずのないものが見える。

さっきの、Nの言葉が不意に胸に迫ってきた。

Nは前を向いたままだ。そういえば、彼は新幹線に乗り込んだ時から、全く車窓に目をやっていない。

たとえば、俺以外にあれが見える人がいるとして。

Nは言葉を切った。

そいつは、俺と同じものを見ているのか？　それとも、俺とは違うものを見ているんだろうか？

彼の目は、見えない何かを見ているようだった。

あれが見る者の意識を反映しているのだとすれば、同じ看板を見ていても、浮かんで見えるのは別のものなのかもしれない。

左の車窓に富士山が見えてきた。

空気が澄んでいるのか、輪郭がはっきりしていて美しい。

おー、噂の富士山だ。

私はのんびりと呟いた。

じゃあ、右側の車窓に注目だな。あっち側で富士山が見えるかどうか。

我々は、進行方向の左側の座席に並んで座っていた。

この席に座ってても見えるのかな。

どうだろ。

Nが通路越しの右側の車窓に目をやったので、つられて目を向けた。

キラッ、と外で楕円《だえん》形の何かが光った。

ほんの一瞬、薄暗い丘の中腹の、立て看板。

私は確かに、見た。

楕円形の看板の中に、とある——知っている顔を。

一瞬。本当に、ほんの一瞬だった。しかし、はっきり見えた。脳裏にその顔が焼き付けられた。

えっ、えっ、あれって、えっ。

自分の喉《のど》から、間抜けな声が漏れていることにも気付かなかった。

「何が見えた？」

間髪容《い》れず、Nが鋭い声で尋ねる。

私は、しどろもどろになって、自分が見たものを答えた。

次の瞬間、列車はトンネルの中に吸い込まれ、車窓は真っ暗になった。

私は見た。

車窓に映っている、口をあんぐりと開けた混乱した自分の顔を。

そして、その隣の、初めて見るNの満面の笑みを。

本書は角川ホラー文庫オリジナルアンソロジーです。

目次・章扉デザイン／坂野公一（welle design）

慄《おのの》く 最恐《さいきょう》の書《か》き下《お》ろしアンソロジー

有栖川有栖《ありすがわありす》／恩田《おんだ》 陸《りく》／貴志祐介《きしゆうすけ》／
北沢《きたざわ》 陶《とう》／櫛木理宇《くしきりう》／背筋《せすじ》

角川ホラー文庫 24468

令和6年12月25日 初版発行

発行者――山下直久
発 行――株式会社KADOKAWA
〒102-8177 東京都千代田区富士見2-13-3
電話 0570-002-301(ナビダイヤル)
印刷所――株式会社暁印刷
製本所――本間製本株式会社
装幀者――田島照久

ISBN978-4-04-114078-9 C0193

角川文庫発刊に際して

角　川　源　義

第二次世界大戦の敗北は、軍事力の敗北であった以上に、私たちの若い文化力の敗退であった。私たちの文化が戦争に対して如何に無力であり、単なるあだ花に過ぎなかったかを、私たちは身を以て体験し痛感した。西洋近代文化の摂取にとって、明治以後八十年の歳月は決して短かすぎたとは言えない。にもかかわらず、近代文化の伝統を確立し、自由な批判と柔軟な良識に富む文化層として自らを形成することに私たちは失敗して来た。そしてこれは、各層への文化の普及滲透を任務とする出版人の責任でもあった。

一九四五年以来、私たちは再び振出しに戻り、第一歩から踏み出すことを余儀なくされた。これは大きな不幸ではあるが、反面、これまでの混沌・未熟・歪曲の中にあった我が国の文化に秩序と確たる基礎を齎らすためには絶好の機会でもある。角川書店は、このような祖国の文化的危機にあたり、微力をも顧みず再建の礎石たるべき抱負と決意とをもって出発したが、ここに創立以来の念願を果すべく角川文庫を発刊する。これまで刊行されたあらゆる全集叢書文庫類の長所と短所とを検討し、古今東西の不朽の典籍を、良心的編集のもとに、廉価に、そして書架にふさわしい美本として、多くのひとびとに提供しようとする。しかし私たちは徒らに百科全書的な知識のジレッタントを作ることを目的とせず、あくまで祖国の文化に秩序と再建への道を示し、この文庫を角川書店の栄ある事業として、今後永久に継続発展せしめ、学芸と教養との殿堂として大成せんことを期したい。多くの読書子の愛情ある忠言と支持とによって、この希望と抱負とを完遂せしめられんことを願う。

一九四九年五月三日

堕ちる
最恐の書き下ろしアンソロジー

宮部みゆき　新名 智　芦花公園　内藤 了
三津田信三　小池真理子

伝統と革新が織りなす、究極のアンソロジー！

あらゆるホラージャンルにおける最高級の恐怖を詰め込んだ、豪華アンソロジーがついに誕生。宮部みゆき×切ない現代ゴーストストーリー、新名智×読者が結末を見つける体験型ファンタジー。芦花公園×河童が与える３つの試練の結末、内藤了×呪われた家、三津田信三の作家怪談、小池真理子の真髄、恐怖が入り混じる幻想譚。全てが本書のために書き下ろされた、完全新作！　ホラー小説の醍醐味を味わうなら、まずはここから！

角川ホラー文庫

ISBN 978-4-04-114077-2

影牢 現代ホラー小説傑作集

鈴木光司　坂東眞砂子　宮部みゆき　三津田信三　小池真理子
綾辻行人　加門七海　有栖川有栖　朝宮運河＝編

現代ホラー作家のオールタイムベスト。

『七つのカップ　現代ホラー小説傑作集』と対をなす傑作ホラー短編8選。大都会の暗い水の不気味さを描く鈴木光司の「浮遊する水」。ある商家の崩壊を陰惨に語る宮部みゆきの時代怪談「影牢」。美しく幻想的な恐怖を描く小池真理子の不気味な地下室が舞台の「山荘奇譚」。記憶の不確かさと蠱惑的世界を描いた綾辻行人の「バースデー・プレゼント」など、ホラー界の実力派作家によるオールタイムベスト！　解説・朝宮運河

角川ホラー文庫

ISBN 978-4-04-114203-5

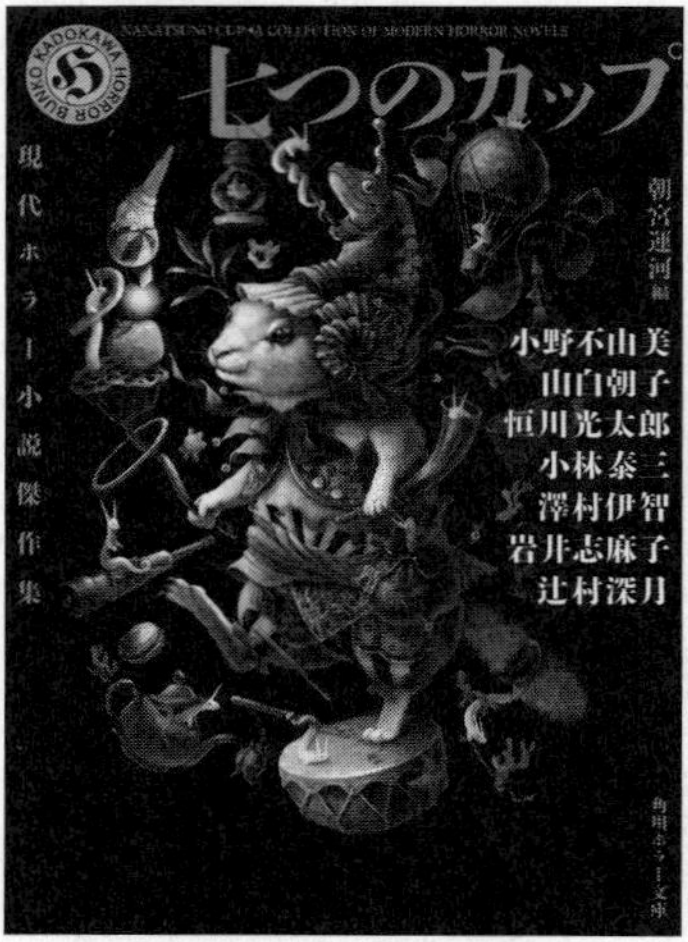

七つのカップ
現代ホラー小説傑作集

小野不由美　山白朝子　恒川光太郎　小林泰三　澤村伊智
岩井志麻子　辻村深月　朝宮運河＝編

巧みな想像力により紡がれた悪夢の数々。

『影牢　現代ホラー小説傑作集』に続く2010年代を中心に発表された傑作ホラー短編７選。小野不由美の“営繕かるかや怪異譚”シリーズからは死霊に魅入られた主人公の心理に慄然とさせられる「芙蓉忌」。土俗的作品で知られる岩井志麻子による怨霊の圧倒的恐怖を描いた海の怪談「あまぞわい」。怪談の存在意義を問う辻村深月の「七つのカップ」など。作家たちの巧みな想像力により紡がれた悪夢の数々がここに。解説・朝宮運河

角川ホラー文庫
ISBN 978-4-04-114204-2